獵財筆記

月關 著

之5 局中有局

目錄

第一章

草木皆兵

張勝的眼前閃過了一幕幕。

老秦說：「嘿，從那以後就換成塑膠勺，這玩意兒把柄磨銳了，一樣殺人！」

甄哥說：「你小心點兒，除了頭鋪，剩下的都是老刀帶過的人……

兩年前，有個姓麥的，吃飯時自戳咽喉自殺了。

嘿，可他特怕死，吃不得苦，早上還定了中午和晚上的盒飯……

一個養尊處優的人，有勇氣把筷子戳進喉嚨嗎？」

龐傑說：「小勝哥，你跟管教熟，跟他們訂個盒飯吧，

吃點好的，我也跟著打打牙祭。」那笑，對了，那眼神，就像是給人餞行。

張勝怔了怔，後邊有人輕推他：「小勝哥，該你了。」

「哦？哦！」張勝走過去，打飯的拎起勺子，一碗稀粥倒進了碗裏，隨即又往他手裏塞了兩個窩頭，挺起肚子喊：「下一個！」

張勝沒動地方，還站在那兒，打飯的皺皺眉：「站著幹嗎？走呀。」

張勝吸了口氣，直勾勾地盯著他，問道：「打完了？」

那個打飯的自由號莫名其妙地看看他，說：「是啊。」

張勝突然大發雷霆，一碗滾燙的稀粥當頭就潑了過去：「這都能照鏡子了，你當開水賣啊？」隨即兩個窩頭也甩了出去：「靠，都不夠塞牙縫的，就是個畜牲也不能這麼餵啊。」

「噹！」張勝一腳把那稀粥桶給踹倒了，所有的犯人都傻了：「這位小勝哥……也太彪了吧，有這麼為飯請命的嗎？」

「反了反了，反了這是，張勝，你又搞什麼鬼？」聞聲而來的牛管教一看是他，氣得牛眼直跳。

「管教，犯人也是人啊，我強烈要求增加伙食定量、提高伙食品質，食堂這幫敗家玩意兒心太黑啦，我們吃得比豬還差不說，還吃不飽。」張勝一臉委屈，就像個沒長大的孩子在跟員警叔叔鳴冤。

「鬧什麼鬧，都老實點。」牛管教咆哮著，用警棍一指張勝的鼻子，張勝立即一抱頭，蹲到地上做出絕不反抗的姿勢，但是嘴裏還在嘟囔：「吃不飽，早晚我得慢性饑餓而死。管教，對犯人也得講講人道主義啊。」

「嘿嘿，講人道，當然講人道，」牛管教獰笑，「把他帶走，先關進小號，我得了空兒再消磨他。真能了他，啊！真能了他，我還沒見過這麼傲的犯人，我不挑刺他挑刺，這他媽什麼世道！」

張勝的眼前閃過了一幕幕。

老秦說：「嘿，從那以後就換成塑膠勺了，沒用，這玩意兒把柄磨銳了，一樣殺人！」

甄哥說：「你小心點兒，除了頭鋪，剩下的都是老刀帶過的人……兩年前，有個姓麥的，吃飯時自戳咽喉自殺了。嘿，可他特怕死，吃不得苦，早上還定了中午和晚上的盒飯……一個養尊處優的人，有勇氣把筷子戳進喉嚨嗎？」

龐傑說：「小勝哥，你跟管教熟，跟他們訂個盒飯吧，吃點好的，我也跟著打打牙祭。」那笑，對了，那眼神，就像是給人餞行。

再加上二鋪蝸牛手裏磨尖了的勺子……

這一切的一切，不管是不是自己草木皆兵，張勝都絕不能冒這個險。

張勝又被帶走了，號裏的犯人已經不是在看英雄，而是用一種看瘋子的眼神在看他。很久沒聽說有被折磨瘋的犯人了，沒想到……這兒又出了一個。

「文先生！」經過那個單間小號時，張勝看到神秘的犯人文先生正在用餐，突然心中一動，高聲喊道。

成功總是青睞有心計的人，改變自己命運的密碼也許蘊藏在偶然之間，張勝就是路過這裏時，忽然想到了神通廣大的文先生，所以想也沒想便叫了出來。

「哦，是你。」文先生扭頭，看到他時笑了笑。他放下刀叉，拾起胸前的毛巾擦了擦嘴角，就像跟鄰居打招呼似的笑問道：「整天看你進進出出的，這又是去哪裏？」

「他在吃牛排……還有紅酒！」張勝看清他桌上的東西，腦袋又有點暈。

文先生一和他說話，那兩個管教就不便推著張勝往前走了，張勝急迫地說：「文先生，我遇到一些麻煩……」

文先生目光一閃，笑吟吟地說：「那又如何？」

「整個看守所中，能救我的，唯有先生一人。」

文先生莞爾道：「如果有人想對你不利，可以對管教說。我也是犯人，泥菩薩過江自身難保，有什麼本事救你？」

「文先生，當著真人不說假話，我若給管教說了，估計死期就到了。在這兒混，就守這裏的規矩。看守所當然不希望出事，員警不會不管，可那又如何？他們總不能一直給我安排單間住吧？我縱使逃過這一次，仍然有下一次，說不定會死得更慘。」

他這樣一說，兩個管教臉色很是尷尬，可是性命攸關，張勝已經顧忌不了那麼多了。員警不是他的私人保鏢，只要他還在牢裏，危險隨時都有。潛伏在暗處的敵人還不知道有多少，起碼……比他還早進來的老刀絕不是唯一接受指令殺他的人。

任何一種環境，都有與之適應的獨特規則，在牢裏，真正能保護一個犯人的，只有牢裏的犯人，只有犯人中的王者，這個王者就是眼前的文先生，憑他的能量，要消彌自己的威脅不過是舉手之勞。

所以張勝無暇顧及措辭，他搶上一步，急急又道：「唯有文先生開了金口，才能讓我擺脫麻煩，所以……厚顏請先生援手。」

換做以前的張勝，即便明知鋼刀臨頸，也必然溫溫吞吞、忸忸怩怩，為了一點可笑的自尊放不下身架，等他猶豫再三終於下定決心時，只怕機會早已失去。如今的他，已經懂得分析利害，懂得當斷則斷，他不甘心就這麼不明不白地死在牢裏，他必須要給自己尋找機會，哪怕是千分之一的機會，他也絕不放棄。

如今的文先生就是他唯一的一根救命稻草，張勝如一個溺水的人，本能地就想抓住它。當年的韓信能受胯下之辱，他張勝有什麼身架可端，不能屈膝求人？

「哦？」文先生歪著頭想想，然後便笑：「好吧，就算如此。可是，我為什麼要給自己找麻煩呢？這世間一切都需要公平交易，才有人肯和你做生意。我幫你撿回一條命，你能給我什麼？」

張勝一愣，仔細一想，文先生的身家不知比他高了多少倍，金錢方面他就是把全部財產都拿出來，只怕也入不了人家的法眼。其他的無論是權力、地位皆遠遠不如。對文先生來說，或許他唯一需要別人給他的只是自由。自己有那個能力嗎？

張勝前思後想，歎道：「沒有，我沒有可以和先生等價交換的東西。」

「那麼……對不起，我不能幫你！」

張勝沒有怨恚憤怒，只是黯然搖頭，無力地說：「打擾了。」

「不客氣。」文先生淺淺一笑，目光一直盯著張勝的神色變化，直到他被管教架起來帶走，才轉向桌子。

他拿起刀叉，在牛排上切了兩下，忽然若有所思地停了下來。

沉吟半晌，他端起了酒杯，杯中酒紅如血。

文先生輕輕搖杯，看著酒液蕩漾，許久許久，舉杯抿了一口，似笑非笑地說：「尺蠖之屈，以求信也；龍蛇之蟄，以存身也。與時屈伸，柔若蒲葦，非懾怯也；剛強猛毅，靡所不信，非驕暴也。以義變應，知當曲直故也。這個小子，會是我需要的那個人嗎？」

一個勞動號兇神惡煞地盯著張勝，摩拳擦掌地問：「盧管，怎麼處置他，還是大掛嗎？」

盧管歎了口氣，說：「算了，才剛出來幾天，再掛上人就廢了。關進『衛生間』吧。」

「好咧！」勞動號接過張勝，向裏邊拖去。

衛生間確確實實就是一個衛生間，同時它也是一間禁閉室。裏邊很小，比普通的衛生間三分之一還小，三面是牆，一面是門，腳下一個蹲便，人一進去轉個身都難。

牆上有鐵環，手銬子往上一銬，非坐非站，想直腰直不起來，想坐下屁股挨不著地。乍一看這刑罰遠比被人拳打腳踢一頓人道，可是想想只能這個姿勢得從早九點堅持到晚四點，換了誰都寧願被人狠揍一頓了。

兩個勞動號把張勝塞進去時很費了番工夫，等把他銬好再把門關上，兩個人也氣喘吁吁的。

門一關，裏邊就半點光線都沒有了，如墨一片黑，只有腳底下傳出滴答滴答的聲音，那是蹲便裏向下淌的水，這裏的水就是這個速度，永遠是滴的。

在一片黑暗裏，張勝的大腦緊張地思索著：「到底是誰對我有如此刻骨的仇恨，非要置我於死地？」

回想自己的這一生，做個小工人時，一直是與世無爭，哥兒們倒結識了幾個，卻從沒有與人發生過紛爭，倒是最近這一兩年來，捲入了太多的利益糾葛，第一個得罪的人便是現在的開發區管委會副主任賈古文。

「會是賈古文嗎？」張勝在心裏問自己，「不，不會。從目前的情形看，張二蛋一案公開審理，說明賈古文所依附的政治力量已經占了上風，一個政治上春風得意的人再怎麼恨自己，也不會冒這麼大風險來報復自己，使陰招，下點絆子的可能性比較大。」

「那麼是楚文樓？」張勝搖了搖頭，再次推翻了自己的假設。他聽說過楚文樓後來的下場很慘，成了殘廢，養活自己都成問題，哪來這財力買兇殺人？

「那麼會是他嗎？不可能……我不能胡亂認人是朋友，也不能草木皆兵。他沒理由這麼做啊，為了這麼點事他怎麼可能雇兇殺人？可是除了他還能有誰呢？」

甄哥說的那句話在他耳邊響起：「不一定要你去和人結怨，有些人，只要你擋了他的財路，你對他有了威脅，他一樣會想法除掉你。」

「可是，我能對他有什麼威脅？為了一個頂多判五年的抽逃出資案就買兇殺人？這太荒唐了吧。不……也說不定……我不能用普通人的思維去分析每一個人。身分地位不同，在乎的事情也就不同，思維方式也就不同。」

「比如那個文先生，他以前一定是個風雲一時的大人物，當他站在權力巔峰上的時候，如果有人威脅到了他的安全，哪怕後果只是讓他失去一年自由，他會不會甘心伏法？以他的權勢和能力，如果只要吩咐一聲就能辦到的事，他會不會禁受得住讓對方永遠消失的誘惑？」

「會的，一定會，哪怕證人不止一個，他也會想辦法把對方全部除掉。何況是在監獄裏猶能坐擁風雲、如王似侯的文先生。可他……徐海生……他是由於什麼原因？」

張勝的腦海裏不期然地閃過一些畫面，那輛黑色的賓士車上疑似徐海生的人影，麥曉齊用筷子插入喉嚨自殺的畫面，以及今天蝸牛手裏磨尖的飯勺柄，這些圖像慢慢重合到一起。

「難道真是他？」張勝忽然覺得背上有冷汗滲出來。

剛想到這裏時，門突然開了，牛管教雙手叉腰站在門口，腰裏別著根黑橡膠棒：「張勝，聽說裏邊有人想搞你？」

張勝鎮定了一下情緒，笑笑說：「管教，您套我話呢？」

牛管教眉毛一豎，剛想發火，張勝又道：「其實我不說，您心裏也跟明鏡兒似的，牢裏有什麼風吹草動，怕是瞞不過您那一雙法眼。」

牛管教聽了便嘿嘿地笑：「有人想讓你永遠閉嘴，那你就該跟政府好好合作，坦白交代，爭取早點出去或者勞動改造重新做人。你現在這樣子，我保得了你一時，保不了你一世啊。」

張勝愁眉苦臉地說：「管教，我冤啊，我是受人牽連啊，誰讓我和張二蛋走得近呢，我真的沒啥好交代的呀……」

牛管教一聽不耐煩地說：「得了得了，少跟我裝六月飛雪的秦香蓮，你們進來的哪個不喊冤啊？」

張勝一本正經地糾正：「管教，那不是秦香蓮，那是竇娥。」

「嘿！你還有心思跟我貧嘴是不？行了，雖說你是事出有因，可你踹了飯桶，這可是事實，死罪可免，活罪難饒。不認打，那你認罰得了。」

「怎麼罰啊？管教？」

「單人囚室的一三六七號犯人患了慢性病，得需要調理休養，他是重犯，可不能長期住醫院裏頭，把你調過去護理他好了，老刀那兒你別擔心，所長正在想辦法把他調走。」

張勝一聽擔心地道：「關小號的，不是殺人犯吧？管教，有沒有生命危險？」

牛管教又氣又笑：「你哪來那麼多廢話，你當這是療養院啊？」他扭頭吩咐道：「把他弄出來，跟我走！」

張勝被塞進去沒一會兒，腿剛蹲酸了，又被拽了出來。張勝被牛管教帶著往回走時，看著那路徑，心中忽然急促地跳動起來。

不出所料，他被帶到了文先生的門前，拉開門走進去，看到地上有一個鋪蓋卷，捆得結結實實的放在牆邊，文先生正在電腦上玩紙牌遊戲，看到他進來，頭也沒回地說：「地方小，晚上就睡地上吧。」

「原來他就是一三六七號犯人。」張勝心裏想著，嘴裏應了一聲。

「去打壺水來，沏茶。」

「是！」張勝不多言，拿起桌上的暖瓶轉身就走。

待他出去，文先生淡淡一笑，轉首望向牛管教，說：「麻煩你了。」

「不客氣，不客氣，」牛管陪笑道：「您忙著，有事招呼我一聲。」

「好！」

牛管教轉過身，就見張勝站在道邊上探頭探腦的，便皺著眉頭走過去，問道：「叫你打水沏茶，站這兒幹什麼？」

張勝苦著臉問：「管教，熱水房在哪兒？」

牢裏的犯人是沒熱水喝的，一年四季都是涼水，他只有放風的時候在院子裏轉過，哪知道在什麼地方打水。

牛管教哈哈一笑，這才省悟過來：「行了，跟我走吧。」

他帶著張勝找到水房，等他打了水，又去給他弄了件交通警似的馬甲，那是自由犯們穿的，與在押犯人以便有所區別，說：「穿上，省得走動時老有人問你。」

張勝回到文先生的號房，文先生聚精會神地玩著遊戲，隨手一指桌上的茶葉罐。張勝會意，便取過杯子，放入茶葉，然後沏上了開水。

過了會兒，看看茶葉已經沏開，便端著杯子走到門口，把一杯水都倒掉，走回來又沏上了一杯。

文先生好奇地看著他的舉動，直到他把水沏好，才問道：「把茶倒掉做什麼？」

張勝忙解釋道：「哦，不是說第一道茶得洗嗎？我看先生規矩大，第一道茶該是不喝的，所以倒掉了。」

文先生啞然失笑：「茶道，也是一門學問。你是只知其一，不知其二。洗茶一說，只是指烏龍茶類，特別是潮州的功夫茶。對綠茶來說，第一杯茶才是最香的，尤其是雨前，更加乾淨。」

張勝臉上一紅，也學著他文縐縐地說：「受教，我實在是……一知半解。」

文先生莞爾一笑，不在意地回過頭，繼續在手提電腦上擺著撲克，說：「倒掉，重沏，我只喝第一道。」

小璐又來到了看守所，給張勝捎了些東西。

兩年前的冬天，她來過這裏，那一次是張勝陪她來的，而這一次只有她一個人，卻是來看張勝的。前幾天她剛來過，那次是為了陪張母來。

張母到張勝公司的時候正好看到來調查的員警，鍾情知道瞞不住了，只好對她說了實話，叫張母不要擔心，說她正在想方設法到處活動營救張總，案子已經有了眉目。

聽說兒子被抓起來了，老太太如五雷轟頂，除了傷心哪裏還想得起別的。鍾情又要應付員警，又擔心她的身體，正準備安排人開車送她回家時，卻被張母搖頭拒絕了。等鍾情好不容易對付走員警，哪裏還有張母的影子，慌得鍾情只好給張勝家裏打電話，卻一直沒人接聽。也許老人還在路上吧，鍾情只好晚點再打電話。一直到晚上六點，電話接通了，鍾情才放下心來。

張母一個人搖搖晃晃地往回走，心裏又急又痛，五內皆焚。說什麼她也不信自己的兒子會犯罪，可現實擺在面前，她無法辯駁，只覺得心頭一陣發悶，一陣眩暈襲來，忙靠著路邊一棵樹，慢慢坐到地上。

小璐在車站久等張母不至，只好順著去匯金公司的道一路找來，卻發現張母坐在一棵樹下，閉著眼睛直喘氣，忙把她慢慢扶了起來。原來張母有高血壓，在聽說了兒子被抓的事後，一時心急，血壓升高，差點背過氣去。

小璐由此也知道了張勝入獄的消息，兩年的感情終究不是那麼容易磨滅的，雖說兩人現在已分手，但一聽說他被關進了看守所，還是忍不住揪心掛念。

張母原本準備當天就要去探望張勝的，小璐擔心她的身體狀況，一再勸說，並答應第二天陪張母一起去，張母才答應下來。

小璐把張母送回家，才趕回了花店，連夜拆了自己的羽絨服，給張勝做了個厚厚的坐墊。

張父是軍人出身，性子急，又有冠心病，張母沒敢把這件事告訴他，只是暗地裏備了些生活用品，第二天便與小璐一道來探望張勝。可她來了一次，兒子沒有見到，只存了點錢進去，回去後越想越擔心，傷心憂慮，血壓上升，便臥床不起了。

兒媳絹子快要生了，大腹便便的，二兒子是指望不上了，好在身邊又多了個乾女兒小璐，看著小璐忙前忙後的身影，老太太只是歎氣，多好的一個閨女，可惜與大小子無緣呀。

一想到兒子，老太太又擔心上了，她去不了，又不能告訴老伴，讓老伴去探視，於是便時不時地在小璐耳邊念叨。小璐只是因為既要顧花店又要照顧她才抽不了身，見老太太心急，便答應替她去看看。

這天天下著雨，花店裏的生意比較冷清，午飯後，小璐便委託了柳大哥幫忙照看下花店，她和鄭璐說了一聲，便匆匆趕到了市第一看守所。

「人還沒定案，現在不能見，東西撂下吧，做個登記。」接待室的人對她說。

「好吧。」小璐看看緊閉的大門，幽幽地歎了口氣。

這時，正好盧管教走了進來，一見小璐頓時兩眼一亮。盧管教二十八歲了，長得比較瘦小老成，少白頭再加上滿臉褶子，看起來像快四十歲的人似的，交過三個對象全告吹了，小璐這麼俊俏的女孩，尤其那兩個醉人的小酒窩，真是怎麼看怎麼招人喜歡，盧管教上次只見了一面就念念不忘，此時一見是她，頓時大喜。

「喲，是你呀，這下雨天的還來看你哥？」

「啊！」小璐看了他一眼，有點面熟，忙陪笑說：「你好，同志。」

「呵呵，我姓盧，叫我盧哥就行了。」

小璐靦腆地應道：「盧哥。」

「東西都登記好了吧？一會兒我幫你提進去，保證完完整整交到你哥手裏。」盧管教拍著胸脯打包票。

「謝謝盧哥！」小璐大喜過望，連連道謝。

「沒啥的，沒啥的，不用謝！」盧管教往外瞅瞅，門口停著輛飛鴿，便說：「啊，你一個人騎車來的呀，男朋友沒陪你？」

他的態度很客氣，自己的親人掌握在他手裏，他的態度這麼溫和讓人感到親切和感激。小璐也不例外，見他這般隨和，覺得很是親切，忙說：「人家還沒男朋友呢，誰陪著來呀。

盧哥，我……哥……他在裏面還好嗎？」

「咳！這個問題我沒法回答你，你還是回去吧，來，我送送你。」盧管教一聽這個俊俏女孩還沒對象呢，頓時喜得心花朵朵開，忙向她使個眼色說。

小璐會意，說：「好！」

兩個人走到大院外，小璐一手推著車，一手撐開了一把藍色碎花傘，傘把向盧管教那邊傾斜著。盧管教望著漫天的雨霧，歎了口氣，說：「你哥在裏面，不太如意啊。他得罪了一個號房的老大，差點兒在群毆中讓人打傷了。」

「什麼？」小璐臉一白，緊張地問：「盧哥，那我哥怎麼樣了，他傷得重嗎？」

號子裏的事本來不該往外傳，再說犯人鬥毆，管教有疏於管理的責任，哪有自曝家醜的道理？可是盧管教第一次與一個漂亮大女孩共處一把傘下，從來沒有體驗過浪漫的他一時豬油蒙了心，只想說得玄點兒，讓她擔驚受怕地多巴結著自己點兒，要是接觸多了，把這麼俊的女孩給領回家當媳婦兒，那還不美死了？所以不但不該說的話說了，他還添油加醋說得兇險無比，在他口中老刀成了獄中第一霸，所有號房的老大，而張勝則成了整個看守所所有犯人的公敵，要不是他看管得嚴，張勝被人宰掉就像捏死隻臭蟲一般容易。

「管教，那……那你在這兒幹啥？白天沒事嗎？」小璐聽得心驚肉跳，恨不得盧管教二十四小時跟在張勝身邊，眼皮最好都別眨一下，他偏偏在自己面前晃來晃去的，那一顆心呀急得都快跳出腔子了。

盧管教瞧她嚇得花容失色，心中極為得意，忙安慰道：「沒事的，沒事的，裏邊的情形你不瞭解，白天嘛，有武警背著槍在上面巡邏，那些老犯要收拾誰，也得趁著夜黑風高找個背靜地方不是？你別看他們一個個凶得如狼似虎，在我們面前，他們乖得跟耗子見了貓似的。」

「哦……」小璐急迫的心這才放下，她想了想，仍忍不住哀求道：「盧哥，我哥忠厚老實，跟裏邊那些人不一樣，進去了肯定受人欺負，您可一定得多照應著點。」

盧管教忙打包票道：「你放心吧，有我在呢，而且你這麼好的女孩跟我遞句話，我也得幫忙啊。對了，你上回給你哥做那墊子針線活兒做得可真好，我們在牢裏看管犯人，坐那地方都又陰又冷的，你要方便，幫我也做一個，我給錢。」

小璐忙說：「這點小事，您客氣了，我下回來就給您捎來。」

盧管教暗暗高興，他要的就是這效果，這樣她下回來就得找人通知自己。有了接觸機會，收了她的禮物，回頭再給她買點東西，這一來二去的不就處上了嗎？

他正打著如意算盤，梁所長的聲音遠遠地傳來：「小盧，在那兒幹啥呢？快過來，給秦岳坤辦轉所呢，你和小丁送一下。」

「好咧！」盧管教答應一聲，對小璐滿臉堆笑地說：「我回去了，有空再聊。你有手機嗎？公司電話也行……」

「小盧，你扯什麼呢，快點。」

「那算了，下回再說。」盧管教跟小璐說著，一溜煙兒地跑進了看守所。

「盧哥，請關照一下我哥。」小璐不放心地又叮囑了一句。

「好好好，知道了。」盧管教一迭聲應著，進了院門才想：「糊塗，還沒問她多大歲數，在哪兒上班，叫啥名字呢。得了，等她下回來再問吧，要是問張勝，就有點勒索脅迫的意思了，我在他面前得有點形象，要不他將來真要成了我大舅子，肯定不待見我……」

鄭小璐回去後，只悄悄給張母提起在看守所裏認識了一個姓盧的管教，這人答應照看張勝，別的一概沒提。張母聽說兒子在裏面有人照顧，這才微微鬆了口氣，可兒子一天沒回來，這心到底還是一天放不下。

雖說老大公司裏的鍾情一再表示，老大沒有多大事，但沒多大事也被關了一個多月了呀，再這麼關下去，連老頭子那裏都瞞不住了。想到這裏，張母不由得歎了口氣。

小璐安頓好張母，陪著說了好一陣子寬心的話，看天色已晚了，才回到花店。一路上想著盧管教的話，小璐不由得心急如焚，怎麼辦？怎麼辦？張勝的處境如此險惡，可她一點兒忙都幫不上。

回到花店時鄭璐已經下班回家了，店內卻開著燈，原來是柳大哥不放心她，還在等她回來。

見了柳大哥，小璐不知道該說什麼好，只是推說自己城裏的一個遠房姑媽生病了，她去照看下。柳大哥也不疑，只是安慰了她兩句，便回後院去了。

柳大哥走後，花店裏只剩下小璐一個人，對張勝處境的擔憂與焦慮又浮上了心頭。與張勝分手後，她以為自己已經慢慢忘掉了這個人，以為從此可以鎖閉了心門，不喜不悲、平平淡淡地過日子。可乍然聽到張勝的消息，得知他陷入了這樣生死兩難的處境，小璐卻忍不住一陣陣心慟。

「怎麼辦？怎麼辦啊？我得想辦法幫幫他，可我無權無勢，怎管得了那裏的事？」

第二章

精神病

小璐直勾勾地看著他沒有說話，梁所長被她怪異的眼神看得有點毛骨悚然，他還是頭一次被一個漂亮的女孩看得心裏發冷。

他直覺感到哪兒有點不對勁，可是又發現不出什麼來。

「你騙我！你騙我！啊！」小璐一聲尖叫，把梁所長嚇得一激靈，梁太太也嗖地一下從裏屋躥了出來。

小璐滿臉恐懼地站起來，渾身顫抖著往後退，一隻手指著他結結巴巴地說：

「我知道了，我知道了，要害他的人就是你，你就是兇手，我要報警！員警在哪兒，我要報警！救命啊！」

張勝以前只在門口看見過文先生坐在桌前的情景，如今才能一窺他室內全貌。

文先生的囚室，是個獨立的單間，裏邊還有一個隱蔽的廁所，雖然只是最普通的坐便抽水馬桶，但是在看守所裏，這已經是化不可能為可能的奇蹟了。

此外，房間牆角還有個書架和裝衣服的衣櫃。張勝注意到他的手提電腦只是用來打打遊戲，娛樂一番，並不能上網。

飲食上，文先生只要列張單子遞出去，就有人幫他送來，要說少了點什麼的話，一是少了自由，二是少了女人。

從他口音中淡淡的糯味兒來看，他應該是南方人。張勝對這位文先生的身分越來越好奇，想不出政壇或商界有哪個大人物與他相符合，但是他很懂規矩，並沒有表現出一點探詢的意思。

這裏原來就有牢裏的小弟負責為他打掃房間、洗衣疊被，這是犯人們很嚮往的差使，因為可以吃到他的殘茶剩飯，在看守所的艱苦條件，那是非常美味的食物了。現在這一切成了專屬於張勝的工作，他就像文先生的專屬僕人。

他在觀察文先生的時候，文先生也在悄悄地觀察著他，從他的一言一行、一行一動，揣摩他的為人和性格。通過關係把張勝調來前，對他的背景和所犯的案情也做過瞭解，知道他原本的身分、地位，在本市算是一個小有名氣的暴發戶。

曾經的大老闆張勝鋪床疊被打掃房間時態度很坦然，吃他的殘羹剩飯時也沒有一點難以下嚥的表情。文先生很喜歡這一點，他並不認為要成為一代梟雄必須得學勾踐一樣嘗膽，必須得學韓信一樣能受胯下之辱，但是他認為一個能成大事的人，必須能準確地把握自己的處境，調整自己的心態，適應當下生存的環境。

文先生在床上做著仰臥起坐，床墊發出輕微的吱吱聲，一隻受驚的蟑螂從床下慌慌張張地跑出來，快速地向門口移去。張勝手疾眼快，抓起一把掃帚就想拍下去，正在床上做著起臥鍛煉的文先生看到了，說道：「慢著，放了牠吧。」

張勝停了手，看著那隻蟑螂爬向門檻。文先生雙手還放在腦後，坐在那兒也在看著，蟑螂消失後，他放下手擴了擴胸，然後下了地，一邊舒展著身子，一邊微笑著說：「這個小東西很可愛，饒了牠吧。」

張勝失笑道：「文哥，你說這蟑螂可愛？」

文先生笑吟吟地道：「可愛的是牠的內涵，而不是外表。這隻骯髒而小小的蟑螂，生活在最惡劣的環境中，但是牠的生命其實異常頑強。蟑螂被困入絕境的時候，牠即便吃掉自己的內臟也要挺過去，等到環境好轉，牠又會長出新的內臟，求生欲驚人，簡直是打不死的爛命。」

張勝靦腆笑道：「文哥真是博學，這些事，我還從未聽說過。」

文先生笑道：「雌蟑螂一年可以繁衍十萬隻，而且沒有公蟑螂時牠可以無性繁殖三代以上，傳承力驚人。幾乎有水和食物蟑螂就能生存，環境不好牠還能長時間不吃不喝。牠能爬會飛，該爬時放得下架子去爬，該飛時鼓得起勇氣去飛，你看牠十分脆弱，可是比較起來，有幾個萬物之靈及得上牠？」

張勝從不知道一隻不起眼的蟑螂居然還有這樣的故事，他以敬畏的目光望著那隻蟑螂爬過門檻，消失在陽光裏。

文哥笑笑，坐到座位上端起了咖啡，然後攤開當天的早報看了起來。

張勝吁了口氣，把他那個羽絨墊子放到地上，也盤膝坐了上去。

這室中只有一把椅子，文哥的椅子和床，無論他在不在房中，張勝都是從來不動的。

「書架上的書，你可以看。」文哥沒有回頭，他喝著咖啡，說了一句。

「謝謝文哥！」張勝沒有客氣，他站起來，走到了書架旁。

《資本論》、《經濟學》、《西方現代哲學》、《馬克思恩格斯文選》、《漫談投資組合的幾何增值理論》、《證券市場》、《專業投機原理》、《博弈論》……

都是政治、經濟、哲學類書籍，休閒類的小說一本沒有。

張勝歎了口氣，順手拿起了《馬克思恩格斯文選》。

「唉……」張勝隨手翻閱了一陣，禁不住輕輕一歎。

文先生擺著撲克笑問：「怎麼了？」

張勝感慨地說：「馬克思說：有百分之十的利潤，資本就蠢蠢欲動了；有百分之百的利潤，資本就忘乎所以了；而有百分之三百的利潤，那麼上絞刑架的事都幹得出來。想起我從商以來種種，見過的人，經過的事，莫不如此。馬克思這番話，哪裏是放諸四海而皆準啊，簡直是放諸萬世而皆準。」

文先生停了手，仰起頭來想了想，笑道：「說得沒錯，不過他還少說了一句。」

「少說了一句什麼？」

「如果有百分之三百的利潤，這個付諸行動的人不但沒有上絞刑架，反而吃香的喝辣的，那麼他的示範作用……會怎樣呢？」

張勝聽了若有所思，沉思良久，兩個人同聲一歎，然後相視而笑。

這時，門口有人說話：「一〇七〇，提審！」

牛管教站在文先生門口，用從來沒有這麼柔和的口吻親切地對張勝說。

「哦！」張勝應了一聲，連忙站起，心中忐忑不已，自從上次借機泡病號之後，提審便停止了，現在員警又來，他們又想出了什麼招數？

張勝掃了一眼文先生，文先生從一個木匣中拿出一支雪茄，在盒面上輕輕頓著，扭頭擺著撲克，並未看向他們。

張勝走過去，從文先生手中接過雪茄，拿起匣中的雪茄剪剪去密封雪茄頭，然後拿起火槍，用小火與雪茄頭保持半寸距離徐徐轉動著雪茄，直到煙頭每一處都燒得十分均勻時，才恭敬地遞向他：「文哥。」

文先生點點頭，接過來吸了一口，輕輕擺擺手，張勝便向門外退去。

一個多小時之後，張勝回來了。

文先生從桌底一個小雪櫃裏正向外拿飲料，見他回來順手拋給他一罐，笑問道：「今天很快啊，審了些什麼？」

張勝有些困惑地說：「是啊，文哥，我也覺得太快了點，上一次他們用盡心機，非要逼我承認行賄，可是這一次他們提都不提，審訊的刑警也換了，其中有兩個口音明顯是外省的，看來是從其他地方抽調來的警官。」

文先生說道：「我記得你好像是被控經濟犯罪，和我說說具體情形。」

張勝便把自己這樁案子的前因後果詳詳細細地對文先生說了一遍，文先生聽罷若有所思，過了一會兒，笑道：「如此看來，我要恭喜你了。」

張勝奇道：「恭喜？文哥說笑了，我都混成這般模樣了，喜從何來？」

文先生笑道：「他們不再揪著行賄罪不放，而把矛頭轉向虛假出資和抽逃出資，說明要把你的案子當成一件純粹的經濟案件來處理，不想再和政治有所牽連了。如果你介紹的背景不假的話，那麼依我看來……這是外面的鬥爭塵埃落定，上台的一方要收拾殘局、建設政績了，所以不會對你趕盡殺絕，自然要恭喜你了。」

張勝一聽喜形於色，說：「文哥這麼說，那一定不會錯的。」

文先生哈哈笑道：「不過你也不用高興得太早，收拾殘局最是勞心費力，權力這塊大蛋糕重新分配，更非一日之功。你這條池魚，現在對他們來說已經是無關緊要的小蝦米，有權拍板決定對你是抓是放的人，現在是沒工夫顧上你的。」

「文先生，有人要見你。」牛管教站在門口。

「哦！」文先生笑應一聲，抓起件上衣披上，抬腿出了房門。

「如果文哥所料不差，那麼我的案子很可能會大事化小了，可是……他說或許會拖很久，到底是多久？」

張勝瞇著眼看向門外的陽光，對自由的渴望從來沒有像現在這樣，在看到曙光之後變得如此難以遏制。

「文哥！」水產商羅大炮大大咧咧地坐在椅子上，盤著一條腿正在吸煙，一見文先生走進來立即站起來，丟掉煙頭，踏上一腳踩滅，對他恭恭敬敬地說。

文先生點點頭，說：「大炮啊，我早說過了，你有自己的事忙，不用時時地來看我。」

「嗨！文哥這怎麼說的，我在這兒，最重要的差使不就是照顧您嘛。」

羅大炮覥著臉笑：「這個月給您存了二十萬，不知文哥還有什麼需要的，你說一聲，我就去辦。」

文先生在對面的椅上坐了下來，歎息一聲道：「沒什麼需要，我想要的你也弄不來，我要自由，你辦得到嗎？呵呵，除了這個，別的都還好。」

「女人呢？要不要我安排……」

「不需要，女色我已經看得很淡了，女人這東西，現在想一想都煩！」文先生皺了皺眉。

羅大炮嘿嘿地笑起來：「文哥現在是修身養性了啊，記得那一年文哥一記絕殺，打垮所有競爭對手，壟斷全省空調、彩電銷售，當天晚上，您把那屆模特大賽的冠軍叫進總統套房大戰一夜，第二天一早參加會議時可仍是生龍活虎啊。」

文先生淡淡一笑：「好漢不提當年勇，現在可沒有那興致了。」他拍著大腿，感慨地說：「大丈夫快意恩仇，縱橫天下，做什麼事都有興趣，都有鬥志。在這裏消磨得我呀，唉！雄心壯志盡付流水了。沒有事情可做，吃飯睡覺玩女人，最起碼的需要也淡了……」

他感慨著，說到這兒，忽地想起一件事，問道：「對了，問你個事，橋西開發區有個張勝，名下有房地產業、冷庫和水產批發市場，你也是搞水產的，認識這人嗎？」

羅大炮說：「認識啊，我還跟他一塊兒喝過酒呢。現在我在他的水產批發市場還有幾檔鋪子，文哥怎麼問起這人來了？啊！對了，這小子栽了，現在也在這個看守所裏。」

文先生向他彈了彈指，羅大炮忙拿出煙來給他點上，文先生吸了一口，問道：「這個人怎麼樣，跟我說說他的情況。」

羅大炮習慣於回答文先生的問題，並不多問，便把他瞭解的情況說了一遍，包括張勝被捕後公司裏鍾情、郭胖子、黑子為他苦苦支撐的事，連蹺拇指說：「那個女人，不簡單，現在水產批發市場上的那些爺們沒有不服她的，誰見了她都得恭恭敬敬尊一聲鍾姐。」

文先生吸著煙，若有所思地一笑：「他們不簡單？那用他們的人呢？呵呵，如此看來，這個張勝也不簡單啊。」

羅大炮不以為然地道：「他有啥？我看著都不像個生意人，太老實，放不開，他有本事能讓朋友坑了，糊裏糊塗地被逮進來？」

文先生笑笑說：「人心隔肚皮，沒有人看得穿所有人的心思，何況他還年輕。」

他手裏拿著打火機，在桌上豎起，倒下，無意識地顛倒著，說：「人，是一根棍，功名利祿、富貴榮華，都是那根棍後面的一串零。有的人那零多些，有些人那零少些，不管是多還是少，那根棍一倒下，所有的零都不過是一個零。」

「後面的零多一點的人和少一點的人從本質上並沒有什麼區別。有的人倒了，卻能倒而不散，有人幫他維繫著，撐著要讓他東山再起，那這個人就不算是真的倒下，這樣的人……便可堪造就。」

羅大炮恭敬地道：「是，文哥教訓得是，文哥一席話，勝讀十年書。」

「是個屁！」

文先生笑罵：「你小子一共讀過幾天書啊？呵呵，行了，你回去吧，以後不用常常過來，小心把你也盯上。」

羅大炮滿不在乎地說：「嗨，怕他個鳥，他們早就盯上我了。有鳥用啊，我是誰啊？就一個搗水產的，賺了錢喜歡送來孝敬我大哥，不犯王法吧？嘿嘿，至於其他的……他們願意跟著我就當免費保鏢好了，他就是福爾摩斯，從我這大老粗身上也挖不出一點有用的東西。」

「賈主任，您看，我們公司各方面條件還是很不錯的，尤其是硬體方面，絕對是第一流的，開發區路燈建設及圍欄美化的施工工作，是不是就交給我們公司來做呢？」

裝飾建築公司的秋成宏向對面的賈古文陪著笑臉商量，開發區的牛滿倉主任被調回市裏去了，對外的說法是組織另有工作安排，知道點內幕的卻聽說他是因為站錯了隊，受到了牽連，弄到檔案局喝閑茶去了。

眼前這位賈古文賈主任，現在是橋西開發區的一把手了，秋老闆請賈古文吃過幾次飯，昨兒還趁他不在家，偷偷給他老婆送去兩萬塊錢的現金，今兒又來探風聲，見他提都沒提這事，心中已經有了點譜，這才試探著商量起了公事。

「呵呵……」春風得意的賈主任笑起來：「橋西開發區是我市經濟發展的橋頭堡，這個門面工程可不能馬虎，所以我對各家公司的施工能力精心比較，煞費了一番苦心啊。嗯，比較一番之後，你們公司的情況的確是又勝一籌，今天叫你來，就是準備把這項工程放給你，這筆工程準備投資五十二萬，這個數目你能接受吧？」

秋成宏一聽，又驚又喜，他沒想到賈古文這麼好說話，原先預計他還得刁難一番，少不得還要拿出兩三萬元來才能拿下這項工程，想不到他這麼爽快就交給了自己，而且利潤大有可賺。他連忙站起來連連道謝，又拍著胸脯保證施工品質，不負賈主任重托。

賈古文笑著說：「秋老闆是本地的建築商嘛，橋西開發區現在剛剛起步，以後的工程建設少不了，我們今後合作的機會還多得是，這一次你可不要讓我失望喲。」

「那是，那是。」秋老闆連連點頭，心想：「瞅這樣子，這兩萬塊錢還是省不了，要不然別說以後的工程，就是這一次，驗工的時候刁難一番也受不了啊，今晚還得去他家一趟。」

這時，賈古文的房門叩響了兩下，一個瘸子扶著腿一拐一拐地走了進來。賈古文一見，便對秋成宏說：「秋老闆，王秘書已經把文件起草好了，你簽個字，具體的和王秘書談吧。」

「好，好好！」秋成宏眉飛色舞地接過文件，從口袋裏摸出鋼筆，匆匆掃了兩眼合同，一眼瞧見合同金額竟是七十萬，並非賈古文所說的五十二萬，不由得一怔。

他抬頭看了賈古文一眼，賈古文臉上露著神秘的笑容，不動聲色地看著他。

秋老闆會意，心裏暗暗喊了一聲「真夠黑」，他爽快地翻到最後一頁，鄭重地簽上了自己的名字。

秋老闆千恩萬謝地離開辦公室後，賈古文有些不悅地對那瘸子說：「老楚啊，我這裏是單位，是辦公室嘛，有什麼事來找我，你也該先打個招呼，就這麼闖進來，不太好嘛。」

因為兩人狼狽為奸的合作關係，賈古文在開發區自來水管理所給楚文樓找了份工作，楚文樓便死心塌地當了他的狗腿子。

「賈主任，我這不是著急嘛。」

楚文樓呼哧呼哧地喘著氣，說：「你說說，張勝那兔崽子給抓進去多久了，到現在也沒審出個名堂，他的總公司帳戶雖然凍結了，可下面的子公司還照樣在經營，鍾情那個賤女人對他倒是忠心耿耿，把公司打理得有聲有色，這小子苦頭是吃了一頓，可是沒傷筋沒動骨，你得想想辦法啊。」

賈古文不耐煩地瞪了他一眼，說：「你以為我沒想辦法？你知道多少事？告訴你，上邊的鬥爭已經差不多了，當初借了寶元案的東風上位的一班人，現在是省裏、市裏的主事人，當初他們想亂，是為了打擊政敵，現在他們當家作主，還希望亂嗎？」

賈古文當上了一把手，第一件事就是想除掉他的眼中釘、肉中刺，把張勝和他的公司連根拔掉，心中的怨念並不比瘸了一條腿的楚文樓少，不用楚文樓催促，他自然極是上心。

他嘿嘿地冷笑道：「我也是怕他們想儘快平息此事，萬一讓張勝那小子一根毫毛不傷地走出大獄，那這番心思就白費了。這些日子，我是到處打點，用盡了心思。我和稅務局的老丁說好了，虛假注資罪只要一確定，就追究他偷漏巨額稅款的罪行。到時候他拿不出來……哼，老丁就查封他的公司，把他的公司財產按非法收入充公，銀行帳戶凍結的錢也全部劃走，讓他小子雞飛蛋打一場空。可是，這得等假外資、假注資的罪名落實了才行啊。」

「張勝公司的賬務過於混亂，尤其缺少了一個重要人證徐海生。現在檢察院另闢蹊徑，正在調查當初拆借資金給張勝的那家財務公司，如果能從那邊證實這件事，他張勝就是插上翅膀，也休想飛出我的手掌心了。」

說完，賈古文獰笑起來，當初被張勝一個一文不名的小工人脅迫得束手無策、被迫聽命的恥辱很快就要得以洗刷了。

楚文樓聽了，臉上愁容頓消：「張勝、鍾情，你們這對狗男女，好日子快到頭了！我讓你們狂，斷腿之仇，豈可不報？我不但要搞垮你張勝，我還要把你鍾情搞上床！」

兩個人各懷鬼胎，開懷大笑起來……

「哈哈哈哈……」文先生聽了張勝講他的慘痛歷史，聽得笑不可抑，扶著椅背前仰後合喘不上氣來。

張勝有點吃癟地看著他，道：「文哥，我那時是幼稚了點，可……也不至於讓你笑成這樣吧？」

「哈哈哈……」文先生繼續大笑，不停地向他擺手，笑了好半天才喘著粗氣在椅上坐了下來，「你這小子，逗死我了，我很久沒有這樣大笑了，呵呵呵……你呀，我還從來沒見過你這樣炒股的人……哈哈哈哈……」

文先生說著又笑起來：「至於這樣嗎？你後來都沒再打聽過蜀長紅的情況？」

張勝搖搖頭，想了想，忽然也笑了：「文哥，現在想起來，我的心境也不同了，可是當初……唉！你是大人物，我看得出來，也許還是那種含著金飯匙出生的人，你是無法理解我那種心境的。沒多少錢，總共一萬多塊錢，但是對我這種窮人來說，那是比天還大的一筆財富，一下子就打了水漂……那一陣兒，我像掉了魂似的，一想起來心就像油煎似的，那種痛……我真的不想再去觸碰它……」

文先生若有所思地點點頭，瞇起了眼睛：「嗯，我的確從沒拿一萬塊錢當回事，不過……你這種心情我能理解，兵敗滑鐵盧，敗在那種沉重的打擊上，倒不在錢的多少。」

「不過……」他狡黠地瞟了張勝一眼，「拿破崙敗了，雖敗猶榮。你小子敗了，卻敗得稀裏糊塗，極品啊，哈哈哈……你是我見過的最極品的炒家，你那幾千股蜀長紅，複權後按現在的市價，大概能賣到四十多萬吧，出獄後記得翻出你那股權證，去證券交易所把它賣掉吧，我看它的後勁已經不太足了。」

「什麼？」張勝大吃一驚，結結巴巴地道：「文哥，你說我……我買的蜀長紅沒作廢嗎？」

文先生「噗哧」一聲又笑了，忍俊不禁地道：「拜託，你別跟我講笑話，我聽了就忍不住……呵呵，當然沒作廢，你問的那個小子，大概是和你開個玩笑吧。嗯，難能可貴的是，你居然當了真，哈哈哈……」

「什麼？」張勝坐在那兒，簡直像做夢一樣，三年，從買入蜀長紅到現在不過三年，足足翻了四十倍，做什麼生意有這麼大的利潤，做什麼生意有這種奇跡般的豐厚回報？

「唉！當年，我也買過蜀長紅的……」文先生笑罷，陷入了沉思當中，自言自語地說：「我是蜀長虹第一批法人股股東，當初我買過五千萬的蜀長紅法人股，說實話啊……除了你這樣的傻瓜，沒人能拿這麼久……」

「呵呵，馬克思說百分之三百的利潤可以讓人冒著上絞刑架的危險去冒險，又有哪個能眼睜睜看著百分之五百、百分之八百的利潤就在眼前，還能攥著手中的股票穩若泰山？我就是從那時候起，才把自己的經營方向從實業轉向……」

說到這兒，他臉上的神色黯淡了一下，轉目望去，卻見張勝根本沒有聽到他說話，猶自盤膝坐在墊上，喃喃有詞地道：「怎麼可能……怎麼可能……」

文先生笑道：「怎麼，感受到證券的魔力了？我書架上有些這方面的書籍，都是理論方面的東西，沒有具體操作的指導，不過我一直以為，這才是根本的東西，什麼炒股三十六計、七十二招的，都是誘人向惑，你有興趣的話，不妨看看。」

「哦，謝謝文哥。」張勝果真依言站起，走到書架旁翻了起來。在還沒看完的那本《馬克思恩格斯文選》裏夾了書籤，他把這本書拿了下來，同時又拿了一本《證券市場》。

張勝並非受過高等教育的知識份子，但他渴求知識，同時在生活中，也累積了很多從書本上學不到的知識。一法通，萬法通，世間萬物的原理原本就有著許多共通之處，實踐所得與書本理論相印證，體會到的東西較之那些先從課堂上間接汲取知識，然後才從生活中印證並獲得經驗的人，走的是一條逆向之路，但殊途同歸，甚至更快一步。

尤其是在這樣既枯燥又令人痛苦難耐的環境裏，沉浸於知識的學習，也令張勝轉移了注意力，彌補了精神的空虛。

每天，張勝都交替地閱讀文先生書架中政治、經濟、哲學方面的理論書籍，這些知識畢竟過於枯燥，一種書讀累了，就換一種來休息腦子，文先生喜歡聊天的時候就把學到的知識拿出來和他辯論，從交談中獲得更精闢成熟的經驗。

當張勝走進監獄之前，無論他經歷過何種坎坷與挫折，但是那種稚氣、單純與童心在他身上仍然存在，對生活的認識仍顯淺薄，但是在監獄特殊的環境中，他得到了迅速的磨煉。

在對知識的學習和文先生時不時的點撥中，張勝思想中的某一部分變得深刻了，性格中的某一點變得深沉了，但那還不是他的全部，在他的意識中還有許多人性中複合的性格不斷在交替表現著，他的特質正在漸漸發生著變化，連他自己也感覺到這種變化。

這天，他閱讀《專業投機原理》，感到疲倦後便換了《馬克思恩格斯文選》休息腦子，當讀到其中一篇《路易·波拿巴政變記》時，其中的一句話吸引了他：「你把我看做螞蟻，但總有一天，我會成為獅子的。」

看到此，他感到一股熱流湧遍渾身，抬頭望向門口的陽光，浮塵在透明的光線中異常清晰，看著它，彷彿人的視力也能感受得到陽光的溫暖。

「謹以此句以自勉！」張勝在心底，輕輕地對自己說。

「梁所長……」

看守所梁所長一回家，就看到一個笑容甜美的女孩站起來，俏生生地跟他打招呼。

「找你的，等你半天了。」梁所長的夫人一見丈夫回來，便冷著臉說。

她的態度很不友善，梁所長看看那位笑容可掬的女孩，向夫人心虛地笑了笑。

今天又來了個年輕女孩，長得這麼漂亮，梁太太極為不悅，本能地不願讓這女孩和老公有什麼接觸。她說完了，狠狠瞪了丈夫一眼，拉起寶貝兒子的手說：「來，寶貝，回屋再給媽寫一篇字，做幾道數學題，做得好的話，星期日讓你爸陪你去遊樂園。」

梁所長的兒子七歲，剛上一年級，長得白白胖胖，噸位頗重。他正抓著塊巧克力啃著，一聽媽媽讓他做題極不情願，待聽到去遊樂園玩，這才慢慢騰騰地跟著媽媽進裏屋了。

梁太太打開拼音田字格讓兒子寫字，然後便支起耳朵聚精會神地聽外邊的談話。

梁所長看看放在沙發旁邊的兩個裝著香煙、白酒、保健品的禮品袋和一個果籃，笑笑說：「同志，你請坐，請問你是……」

小璐坐回沙發，雙腿並著，雙手放在膝上，有點緊張地絞動著修長的手指：「梁所長，我是……看守所在押的張勝的家屬。」

「張勝？」看守所裏的犯人梁所長未必都認得，不過這個親過警花、踢過牢頭，莫名其妙地被人要暗殺、又莫名其妙得到文先生的青睞予以保護的刺兒頭，他倒是知之甚詳。

梁所長眉心一皺，臉上的笑容冷淡下來，警惕地問：「張勝的家屬？你來見我，有什麼事？」

小璐笑得很客氣，臉上帶著兩個甜甜的小酒窩，靦腆地說：「梁所長，我家張勝是被人冤枉進的看守所……」

「這與我無關，我既不是檢察院，也不是法院，我只負責看押嫌疑犯，你找我是找錯了人了！」梁所長一臉正氣地搶著說。

小璐又是淺淺一笑：「人家知道，這事不歸您管，也沒奢望您把他放出來。可是……他畢竟只是個嫌疑犯，在牢裏的安全得您負責才成吧？」

「嗯？」梁所長狐疑地看著她，問道：「什麼意思？」

小璐臉上的神情突然緊張起來，緊張兮兮地四下看了看，梁所長也被她專注而緊張的神情感染了，就像家裏藏著特務似的，他也跟著四下看了看，然後小璐才壓低嗓門兒，小聲說：「梁所長，我聽說看守所裏有人要害他。」

「盡瞎說！」梁所長一口否認。他瞇起眼，看著小璐，突地恍然大悟：「哦……我想起來了，你去過看守所，跟小盧在門口說過話，是吧？」

他的臉色一下子沉了下來：「是不是他對你胡說八道的？嫌疑犯關在看守所裏，怎麼會有人害他？是員警還是被員警看管的犯人？真是可笑，你不要聽信這種謠言！」

小璐直勾勾地看著他沒有說話，梁所長被她怪異的眼神看得有點毛骨悚然，他還是頭一次被一個漂亮的女孩看得心裏發冷。他直覺感到哪兒有點不對勁，可是又發現不出什麼來。

「你騙我！你騙我！啊！」小璐一聲尖叫，把梁所長嚇得一激靈，梁太太也嗖地一下從裏屋躥了出來。

小璐滿臉恐懼地站起來，渾身顫抖著往後退，一隻手指著他結結巴巴地說：「我知道了，我知道了，要害他的人就是你，你就是兇手，我要報警！員警在哪兒，我要報警！救命啊！」

高八度的救命聲陡地在梁所長家的客廳裏響了起來。

「你胡說什麼？」梁所長一躍而起，氣惱地說，心中隱約明白了點什麼。

「我殺了你，你是兇手！」原本溫良柔婉的一個女孩，突然目露凶光，眼光發直，張開十指向他撓了過來。

客廳裏，稀裏嘩啦聲不絕於耳……

「老婆，你這是幹什麼？」梁所長苦著臉看著老婆。

梁太太一邊匆匆地收拾東西，一邊憤憤然地罵著男人：「讓我在這兒怎麼住？我跟著你受啥罪都不怕，可是你沒聽那神經病說，要是她那個什麼勝子有個三長兩短，就來咱家鬧，就把咱家孩子給殺了？」

「你可記住了，姓梁的，小東可是你們梁家的獨苗小雨，要是他有個好歹，你們老梁家就絕後啦！行了，你自己過吧，我帶兒子回娘家。我回頭就給你爹打電話，他要是還要這個孫子，就讓他來管教管教你這個兒子，我是沒辦法了。」

「我說，不至於吧，我在看守所上班，什麼好人賴人沒見過？什麼軟話硬話沒聽過？哦，讓人說兩句就怕了？再說，我是所長，真有犯人出了事，要負責任的是我，我能不上心嗎？」

「你跟誰說呢？你去把那精神病說服了吧！」

梁太太把一張病歷啪地往他面前一拍，吼道：「你能，你有本事，她就把你兒子給活煮了，你能拿她怎麼辦？人家是精神病，大鋼印在這上邊扣著呢，三院的診斷書，你梁宏偉在看守所是上管天下管地，中間管拉屎放屁，威風得不可一世，可是出了看守所，我問你，你能拿個精神病怎麼辦？」

梁所長看看診斷書上赫然寫著的「鄭小璐」三個字，也啞口無語了。

梁太太收拾好東西，一牽兒子的手，說：「走，兒子，咱們去你姥姥家。」

「媽，我還要跟爸爸去遊樂園呢。」

「去什麼遊樂園，要是讓個瘋子給盯上，媽可護不了你。你爹本事大，等你爹派來一大幫員警保護你，你再去遊樂園吧。」

梁太太扯著兒子，忿忿然地走出臥室，大廳中一片狼藉，就像遭人洗劫了似的。梁太太一看更是氣不打一處來，哽咽著說道：「我跟了你這麼多年，像個女傭人似的侍候你，又給你生了個兒子，你說我哪點對不住你？你對不起我，現在又往家裏招禍，這日子沒法過了。你不把那個神經病的事給擺平，休想我再回這個家！兒子，走！」

梁所長眼睜睜地看著老婆揚長而去，困獸似的在客廳裏轉悠了兩圈兒，突然把一腔怒火都發到了盧管教頭上：「這個混蛋，犯人群毆事件我好不容易才大事化小，小事化了，他又給我招來個神經病。」

「他媽的，他小子是想把我弄下台是怎麼著？這個神經病今天是來了我這兒，要是跑去分局、市局一鬧，我這頂烏紗帽還保得住嗎？」

「身邊多少人眼巴巴地望著自己這個肥缺呢，就是她不去找上級，要是發了病張著嘴巴四處亂說，真一句假一句的，也夠我受啊。」

梁所長擰著眉毛想：「張勝這小子現在攀上了文先生的高枝，只要不給其他犯人近距離接觸的機會，他就安全得很。等他案子一了，滾出我這看守所，就不關我的事了。」

「這神經病姓鄭，是他女朋友？怎麼安撫她好呢？這瘋子怕是只聽張勝的話，可張勝……對了，整頓，首先要整頓，一定要整頓，整頓完了讓那個張勝給家裏寫封信我給他遞出去，工作我也不能做到自己妻離子散啊。」

轟轟烈烈的看守所整頓大會開始了。

會上，梁所長聲色俱厲地指出，近來看守所內部管理人員自由散漫，違反看守所規定；在押犯們不服管教，私下打架鬥毆的情況時有發生，前不久還發生了一起重大惡性鬥毆事件，雖然當事人已經受到了嚴厲的懲處，但此風不可長，必須堅決杜絕、嚴厲打擊，以防出現更大的安全事故。

大會上梁所長還宣佈了條重要決定：從現在起，取消在押犯的放風時間，為期三個月，以示懲戒。在這段時間裏，要求各號房的安全員組織大家進行深刻反省，狠抓思想根源，務必杜絕犯人間打架鬥毆事件的再次發生。

一陣轟轟烈烈的整頓大會過後，看守所裏清靜了許多，在押犯們都乖乖地待在各自的號房裏，見到張勝穿個黃馬甲外出打水，沒事叼個雪茄在獄裏閒逛時，都忍不住投去豔羨的目光：「人家小勝哥就是牛啊，小母牛逛南極，都牛到極點了！」

第三章

消彌於無形

老卓冷笑一聲，鬥氣似的加快了車速，

引著那輛車子在後邊窮追不捨，兩輛車一前一後在車流中疾行起來。

老卓轉動方向盤拐過一個弧角，心裏有種耍猴似的快感。

可是他的笑只持續了五秒鐘，就完全僵在臉上，笑容未褪，

一種極度的恐懼感又升起，在他臉上交織成一副詭異的畫面。

他踏在剎車上的腳由輕踏到重踏，直到死死地全部踩下去，

仍然沒有一點滯緩的感覺，剎車突然失靈了……

長髮女孩仰躺在床上，雙手抱著一個身材結實的男人，雪白柔軟的胴體有韻律地起伏著，她的嘴裏發出一串串迷人的呻吟，潮紅的臉蛋上佈滿了細密的汗珠。

這時，電話鈴聲響了起來，壓在她身上的男人停止了動作，從她身上抽身而起。

女孩睜開迷茫的雙眼，哀怨地瞟了他一眼。男人不為所動，向電話機走去。

「這個問題我考慮過了，只是當時不知道這次政局的變動，更不知道那位大佬能不能在這場風波中仍然站得住。呵呵，薑是老的辣呀，寶元事件居然沒有影響到他，他也算是政壇的一棵常青樹了。既然他沒事，匯金公司的案子怕是查不下去了，最後必然不了了之。不過善後工作，想來也不會那麼簡單。」

床上的矢野麗奈懶洋洋地扯過一方浴巾，向徐海生嘟了嘟嘴。

徐海生向她回了個飛吻，繼續聽著電話裏的聲音。

電話裏一個中年男人的聲音說：

「對張勝的行動失敗了，既然匯金公司案已經不會對你產生太大的威脅，你看行動要不要取消？」

徐海生沉吟了一下，冷冷地說：

「我已經付了一半的錢，你能還給我麼？不能！張勝不知道我想讓他消失，但是他知道在他最危急的時候，我拋棄了他，把他獨自一人留在了險境，他還能為我所用麼？不能！至少，他會成為一個跟我作對的人。趁你病，要你命，你說我應該怎麼辦？」

電話裏沉默了一陣兒，那個聲音又說：

「不過……現在要對付他更難了，他被獄裏一位大哥相中了，現在在他身邊做小弟，要下手，非常不易。」

徐海生笑道：「這叫什麼話，你是幹什麼的？獄裏再兇悍的牢頭獄霸在你面前還不是臭蟲一般，想捏死就捏死？」

電話裏的男人淡淡地說：「這個人……不同，我不敢動他。」

徐海生好奇地問：「還有你不敢動的犯人？什麼來頭？」

電話裏的男人輕輕地笑了幾聲：「老徐，有些事還是不知道為好。」

徐海生不悅地哼了一聲。

矢野麗奈爬起來，妖妖嬈嬈地走到他的背後，在他的後背上輕輕劃著圈圈，徐海生反手向後，在她豐臀上拍了一巴掌，矢野麗奈吃吃笑著，雙手環著他的腰。

電話裏的人繼續說：「真的要對他趕盡殺絕？難度相當大啊，我只能見機行事，而且這一次，我不保證一定成功。」

徐海生毫不猶豫地道：「該棄子的時候，我是絕不猶豫的。已經打定了的主意，我是絕不更改的。你儘管去做，如果成功，我再多付二十萬，任何一個可能的潛在敵人，我都不會留著。」

電話裏靜了一陣兒，然後沙沙地笑起來：

「老徐啊老徐，有時候我真慶幸，幸好我不是你的敵人啊。好吧，我盡力而為，但是……還是那句話，我不保證一定成功。要在裏邊發展一個鐵了心幫我做事的人不易，老刀已經被所長調到其他看守所了，信不過的人我又不敢放心去用，說不得要找機會親自下手，所以……沒有十足把握，我不會動手。」

他靜了一靜，又說：「對了，匯金的事看來塵埃落定了，不過你托我打聽的上海方面的消息可不太好啊。」

「老卓那裏？自從聽說他們被調查，我就再沒和他們做過任何接觸，對他們現在的處境也完全不瞭解，所以才委託你去打聽嘛。別賣關子了，快說說，那邊怎麼樣了？」

徐海生愉悅地眯起眼，順手拿起一支煙點上，吞雲吐霧地聽著電話裏彙報的消息，聽了良久，他才輕輕一笑，說：

「好，我知道了，謝謝你老方，有什麼消息，及時跟我聯繫。」

「麗奈，我馬上要回國去上海一趟，小妖精，陪我再好好瘋一瘋吧。」

「啊，主人，你要走了？」矢野麗奈依依不捨地睜大了眼睛。

徐海生把她扔上了榻榻米，大笑道：「當然，龍就該行於風雨之中。現在看清了風向，看清了形勢，我這條潛龍也該浮出水面透透氣啦。」

「賈主任，怎麼樣了，是不是準備查封匯金公司了？」楚文樓聽說賈古文找他，立即興沖沖地趕來，一進門兒就眉飛色舞地問。

賈古文陰沉著臉，說：「我剛從朋友那兒得了個消息……」

楚文樓急忙扶著瘸腿湊到跟前：「什麼消息？」

「匯金公司的案子……怕是要不了了之了。」

楚文樓一怔，急忙問：「為什麼？是張勝……不對，他還在牢裏呢，有勁也使不上，是鍾情那賤女人托了什麼門路了？」

賈古文抬起頭，像個半仙兒似的，陰陽怪氣地說：「這人吧……得認命。八字硬的人，從山頂上跳下來也死不了；八字輕的人，喝口水都能給嗆死。張勝運氣好呀，人家一入獄，就有六丁六甲、護教伽藍明裏暗裏地庇佑……」

楚文樓眨巴著小眼睛，莫名其妙地問：「賈主任，你說啥呢？」

賈古文一拍大腿，唉地一歎，無精打采地說：「檢察院從張勝公司那邊拿不到足以給他定罪的證據！」

楚文樓點點頭，說：「是啊，你上回說了啊，不是還有一家專門給人拆借資金，搞假注資的財務公司嗎？查他們啊，莫非他們公司黃了？」

賈古文翻了翻白眼兒，有氣無力地說：「沒黃，生意紅火著呢，查不下去了。」

楚文樓一聽發起急來：「怎麼會查不下去呢？」

賈古文伸出食指，指了指天棚，楚文樓抬頭看看，怔道：「怎麼了？上邊啥也沒有呀。」

「誰說沒有？上邊有人，好大一個人，你沒看到嗎？」

楚文樓看看賈古文，伸手去摸他腦門兒，賈古文一把推開，惱道：「你幹什麼？」

楚文樓陪笑道：「主任，你……我以為你今天有點發燒呢，怎麼盡說胡話呀？」

賈古文苦笑一聲，壓低了嗓門兒道：

「你這豬腦袋，怎麼就轉不過彎來呢？那家財務公司是誰開的，你知道嗎？他們老闆叫楊昆，不過真正主事的是他老婆，這女人今年才三十一歲，控制著這麼大一家財務公司，厲害吧？」

「厲害！」

「當然厲害，你知道她家老爺子是誰？」

「是誰？」

「是……」賈古文俯身過去，在他耳邊低低地說了個名字。

楚文樓重複了一遍，忽地驚道：「你是說省裏……是……是他嗎？」

賈古文翻了個白眼作答，然後雙手一攤，說：「檢察院說線索斷了，查不下去了，你說還能怎麼辦？」

楚文樓怔了半天，憤懣地道：「那……就這麼算了？」

賈古文鬱悶地道：

「不然怎麼辦呢？檢察院倒是沒想保他張勝，問題是他們沒有什麼證據指控他了，最有力的證據就在那家財務公司，可是誰敢去拿證據啊？你去？」

「就這麼算了……就這麼算了？」楚文樓的心在滴血，「拜這對狗男女之賜，我的腿殘廢了，我等了這麼久，好不容易有了個機會，就這麼算了？」

「證據……證據……沒有證據就辦不了他，如果讓他出來，我這輩子還有機會報仇嗎？

證……據！」楚文樓一咬眼，一個歹毒的念頭浮上了心頭。

牢房門口，文哥和張勝正曬著太陽聊天。

文哥正說著一個故事。

「那個人收購了福惠電機廠之後，就想趕回北京。這時鄰省某市的市委書記和市長聽說了消息，立即驅車趕來，他們到的時候這個人已經到了機場，他們又立即飛車趕向機場，又打電話通知機場把人截了下來。」

「原來，這個市有個大型國有工廠，已經瀕臨倒閉，市委、市政府想把這家工廠賣給他。這個工廠一共兩條生產線，原來的規模和生產能力還是很大的。他在機場簡單聽了介紹之後，給了三個億元的收購價格，市長、市委書記同意了，於是他便臨時改變行程，隨著市委書記和市長去了他們市。」

「那個人」，文哥所說的故事主角，張勝直覺地知道，其實就是文哥自己，不過文哥姑且這麼說，他便姑且這麼聽，並無意打破沙鍋問到底。

文哥繼續說：

「那個人到了地方之後，只見電機廠滿地碎玻璃，窗戶玻璃壞了也不補，工人士氣非常低落。他的所有幕僚看了後都很失望，勸他不能買。這個人沒有當場表態，考察之後就返回了酒店。第二天早上，剛剛六點鐘，那位市長就來拜訪，請他一定幫助解決這家企業的危機。如果是你，你會怎麼做？」

張勝認真地想了想，說：

「身為領導者要把握大方向，但是在具體操作中，應該切忌獨斷專行。我覺得，身邊的幕僚既是花大價錢請來的專業人士，那麼應該充分徵求他們的意見，既然他們都不贊同收購這家倒閉企業，應該婉言拒絕。」

文先生笑笑，說：「如果現在你必須得接受這家公司，那麼你要提些什麼條件？」

張勝沉思了片刻，說：「首先，原定併購金額要更改，這樣一家破爛公司，不值得投入三億元鉅款。其次……」

他還沒說完，文先生便搖頭道：「錯了，錯了。那個人只提了三個條件：一、三億元的收購價格不變，他對兩位父母官說：『在你們面臨危機的時候砍價，那我是不尊重你們』；二、希望政府幫助協調材料進站；三、收購電機廠是個大工程，希望政府幫助解決該廠兩三千名工人遣散的工作。」

張勝皺了皺眉，問道：「結果如何？」

文哥說：「那位市長當場拍板，說，『所有問題全部幫你解決』。他們上午八點開會，立即簽了合同。接手這個廠之後，廠子連續虧損了六個月。當地政府瞭解到這個情況之後，給他退回五千萬元款子，只收了二億五千萬元。」

「哦……然後呢？」

「在此之後，那個人和他的公司跟當地市政府的關係非常好，電機廠的經營也很順利，一年上繳利稅幾千萬，這家企業在被收購前可是虧損一個多億的。」

張勝聽了聳然動容，文哥笑道：「你知道你錯在哪兒了麼？首先，你把幕僚和領導者的關係搞擰了。幕僚，只是向你提供資料和分析，是供你做出決策的助手，他們的意見不可不聽，但是不可全聽。」

「一個沒有主見的領導者，最後必將淪為一個傀儡。有時候，真理不是掌握在多數人手中，你必須比他們站得更高，看得更遠。要知道，幕僚畢竟是幕僚，他們考慮問題的角度和高度和領導者還是有區別的，自己的事，一定要自己做主。」

「其次，做生意要顧及長遠，除非你是一錘子買賣，做完就走。既然你要在當地紮根，就得考慮如何把那裏的土壤改造得適宜你的成長。如果當時耍點小聰明，在收購中跟人家討價還價，的確能以較小的代價得到這家公司，但是後續麻煩就多了。」

「做生意並不像有人想的那樣：不是你死就是我活，都想著乘人之危。一個人要是到處坑別人，他即便能得意一時，早晚也必定會栽在別人手上。在中國做生意，不能脫離中國的文化背景。如果你是在外國，這麼做是沒錯的，因為他們不講人情，只講法理。但是在中國，你就必須考慮生意中不可忽略的最重要因素：人情。中國人，講人情。」

張勝若有所思，徐徐說道：「我懂了，步步為營、斤斤計較是成不了大事的，與人為善才是根本。」

「又錯了！」文哥狡黠地笑，「這個人的慷慨不是沒有目的的慷慨，而是充分考慮到今後的公司運營和對當地政府支持度的需要，精確計算讓利與得利、先得利與後得利、經濟和社會成本投入與其對應的收益大小之後，才這麼大度的。如果所得並不能償付所出，那麼……堅決拒絕，任你一市之長如何放下身段，決不鬆口。」

張勝聽了瞠目以對，文哥笑著站了起來，拍拍他的肩膀說道：「老弟，好好學著吧，要成為名利場上的佼佼者，素質上必須體現四種動物的本性，那就是：狼之兇殘，象之寬容，鷹之果斷，狐之狡猾。」

「該在什麼場合兇殘、該在什麼場合寬容、何時該果斷、何時要狡猾，必得融會貫通，運用自如。這四象之學，你好好琢磨一下。」

「是！」張勝盤膝坐在墊上，摸了摸自己的光頭，垂下眼簾沉思起來。

上海，夜晚。

老卓搖搖晃晃地走出了酒吧，搖著車鑰匙走向停車場。

打開車門，他像喝醉了似的扶著門低下頭，好像在打酒嗝，趁機機警地四下掃了一眼，發覺暗處似有人影一閃，還有一輛車裏似乎有對情侶在竊竊私語，一種動物般的警覺使他感覺得到，那些人都是盯著他的。

警方對他的秘密布控，他其實早就察覺了。這些日子，他每天縱情於聲色場所，絕口不提生意經，也不和他的合作夥伴公開取得聯繫，但是他不知道這樣的日子還能捱多久。他沒有想過逃走，他的財產、人脈，多年苦心經營的基業都在這兒，除非已經絕望，否則怎麼捨得一走了之？

何況現在走也來不及了，警方已經暗暗把他監控起來，現在不抓他，或許是不想打草驚蛇，驚動同案的其他人，或者是證據不足，只是暫時把他列為重大嫌疑人。但是他知道，隨著L省侵吞國有資產案抽絲剝繭的深入調查，案情真相大白的那天，也就是他的伏法之日，到那一天，一切終究還是一場空。

串通L省第一機床集團老總對該集團企業進行的購併，侵吞了太多的國有資產，擁有四億二千萬元總資產、一億四千萬元淨資產的L省第一機床集團，僅僅作價三千五百萬便賣給了他們這些劍走偏鋒的投機者。此事已經引起司法部門和國有資產管理部門的注意和涉入，調查工作正在進行當中，該集團老總和當地縣委書記已經因為涉嫌受賄和巨額資產來源不明被拘押調查。

坐進車子，老卓重重地歎了口氣：

「悔不當初……沒聽老徐的話啊，現在想打他電話討教個脫身的法子，這小子居然連號碼都換了。真他媽的大難臨頭各自飛啊！」

老卓想著，冷笑：

「跑得了和尚跑不了廟，你老徐那點破事全在我腦子裏裝著呢，兄弟要是沒事，保你也沒事，兄弟要是被抓進去，你小子還想獨善其身？幼稚！」

轉念又想到L省第一機床集團所在縣的縣委書記，自己為了買下這家企業，光是這位縣委書記，為了打點前後就送去了一千三百萬的鉅款，這可都是自己兄弟們的先期投入啊。現在可好，雞飛蛋打，還有可能被警方順藤摸瓜，把以前的不法斂財事跡一件件地挖出來。

「該怎麼辦呢？」老卓啟動了車子，駛離了停車場，穿行在公路上，心事重重。

他看看後視鏡，果然有輛車一直尾隨著自己。老卓冷笑一聲，鬥氣似的加快了車速，引著那輛車子在後邊窮追不捨，兩輛車一前一後在車流中疾行起來。

「哈哈哈哈！」老卓大笑，轉動方向盤拐過一個弧角，心裏有種耍猴似的快感。

可是他的笑只持續了五秒鐘，就完全僵在臉上，笑容未褪，一種極度的恐懼感又升起，在他臉上交織成一副詭異的畫面。

他踏在剎車上的腳由輕踏到重踏，直到死死地全部踩下去，仍然沒有一點滯緩的感覺，剎車突然失靈了。

前面，一輛貨車飛速駛來，同時響起一陣令人心驚的鳴笛聲，貨車大燈越來越亮，越來越亮，晃得他雙眼除了一片天堂般的光芒，再不見其他顏色……

老卓死了，車子被重型貨車擠壓變形，什麼異常痕跡也沒有留下，而且跟蹤他的警員根據他那晚的表現，知道他已經發現了被人追蹤，認為他的死因是為了擺脫追蹤者，車速過快所致，因此，此案最終作為一起交通事故交由交警部門處理了。徐海生的最大威脅還沒有成為現實，就被他果斷冷酷地消彌於無形。

因為寶元案引起的省、市兩級權力架構大更迭之後，新的掌權者急於穩定局勢和人心，徐海生瞭解這一情況後，知道當權者不願因寶元案牽連進越來越多的人，以免局面不可收拾，他們現在需要的是儘快平息此事，創造屬於他們的政績，因此，匯金公司的案子最終很可能不了了之，那他受到的牢獄之災的威脅也基本解除了。

現在只剩下張勝這小子了，當初徐海生出國避禍時，張勝在他心中就已經成為了一枚棄子。而匯金公司在他幾度抽資之後，已經獲取了最大利潤，至於張勝搞的那幾個實業，在徐海生眼裏，不過是些小打小鬧的玩意兒。

是張勝在看守所審訊時一推四五六，把火往他頭上引，才讓徐海生最終動了殺機。自己做過的事，自己心裏最清楚不過，徐海生一屁股爛賬，包括當初麥曉齊之死。所以無論如何，他都絕不能讓自己進入公安的視線。現在匯金公司的案子雖然有平息的可能，但張勝這個人畢竟還是個隱患。況且已經動過了一次手，還有迴旋的可能麼？

寧可我負天下人，不可天下人負我。這是徐海生的人生信條。

為了徹底從侵吞國有資產案中脫身，他在老卓死後的第三天趕到上海市公安局報案，倒打一耙，一番聲淚俱下的控訴，他便搖身一變成了受到老卓欺騙的正當商人。

在這起不法交易中，他也是一個參與者，儘管直接聯繫人一直只有老卓一個人，但是警方繼續查下去，難免會找到他涉入其中的蛛絲馬跡，現在他以上當受騙的投資者身分介入其中，一旦案子查到和他有所牽連的事情，也就順理成章了。

為了以防萬一，徐海生還托關係弄到一些文件，又讓他的好友小村一郎從日本匯過來一些證明文件，把他的收入全部漂白成了在日本投資實業及證券市場所獲的收益，這一來更是天衣無縫，無懈可擊了。

在徐海生為了他的切身利益忙碌於日本、上海和L省之間時，張勝正在獄中跟著文哥孜孜不倦地學習各種經濟知識。良師一句話的點撥，勝過自學自悟十本書，他對證券市場、資本市場的瞭解日益加深，有時在討論中突發奇想，說出一些獨到的見解，令文哥也贊許不已。

這天，張勝再次受到了提審，檢察院方面在追索虛假注資時，碰到了一顆硬釘子，那家財務公司的後台太大，不是他們碰得起的，最後只好無功而返，把案子退回了刑警隊經偵支隊。現在如何處理張勝倒成了刑警隊的難題，張勝明顯感覺到了他們態度上的細微變化，他知道，自己出獄的希望越來越大了，現在只差找到一個突破口而已，心情為之大好。

他的好心情全被秦若男看在眼裏，秦若男也由衷地替他感到高興。她托著下巴，坐在審訊台上，瞧著張勝繼續那每次提審都一成不變的老生常談，嘴角露出一絲有趣的笑意。

張勝看到她的笑意，趁人不備向她努了努嘴，秦若男的臉頰一紅。她威脅地瞇起眼睛，但張勝不為所動，一點也沒有懼怕的意思，秦若男又不敢表現得太明顯，只能用眼睛狠狠地瞪了他一下。

張勝曾經救過她，不管他有罪沒罪，看到他的狼狽相，秦若男心裏還是不忍心，所以當初才會想到給他帶點吃的，待到接觸多了後，發現這人說話還頗機智風趣，心裏便又多了幾分好感。而且與他說話時，秦若男總有種似曾相識的感覺。對了，像一個人，像手機哥哥，兩個人有著太多相似之處，所以她覺得非常親切。

每回秦若男給他帶來吃的，都以管教訓話的名義把他提出去，前後一共也不過一個多小時，秦若男來的次數有限，不過兩個人就像很久以前就熟識了似的，非常投緣，鬥嘴時秦若男常被張勝占了便宜，到後來警不警、犯不犯，彼此的關係非常怪異。

秦家姐妹性情迥異，妹妹秦若蘭因為是老么，從小受到的寵溺多些，所以表裏如一，外表潑辣大方，骨子裏也是個巾幗不讓鬚眉的豪爽性格。

秦若男則不同，作為家裏的老大，得時時給妹妹做榜樣，受到家裏的管束也更多，平時把自己偽裝得很好，在家裏是乖乖女，在學校是好學生，工作了是好員警，但骨子裏卻不是那麼回事。她外表穩重剛毅，內心卻是多愁善感，喜歡浪漫和柔情。

有個詞形容這樣的男人，叫蔫壞，張勝便是如此……

兩個人正自用眼神演練眉來眼去劍法，一個戴眼鏡的三十多歲的西裝男子走了進來，在劉隊長旁邊坐下，悄悄向他問了幾句話。

張勝看在眼裏，心中陡地一動。這個人第一次露面，張勝就猜測他不是刑警隊的人，而是政府方面派來的，所以當時說了些似是而非的話，提醒他們不用在自己身上下工夫，不要把局勢搞到不可收拾。

後來和秦若男在辦公室鬥嘴的時候，張勝從她嘴裏得到了印證，知道這個人姓盧，是一位政府官員的秘書。現在見他出現，張勝忽然想到，機會不一定要等，有時候要自己來創造，也許這個盧秘書背後的那個人就是自己等待的機會，就是自己製造出獄契機的突破口。

想到這裏，張勝突然停止了東拉西扯，說道：

「警官，你們不要在我身上浪費時間了，我的公司經營沒有大的問題。和牛滿倉主任的應酬來往，也完全沒有任何不法行為。我的公司是第一家進駐開發區的企業，是為政府開發橋西做過貢獻的。至於和張二蛋的寶元公司，我們也只是合作關係，他的案子同我沒有任何聯繫。」

劉隊長冷冷一笑，說：

「你不好好地交代自己的問題，還希望能僥倖蒙混過關？我告訴你，我們現在已經掌握了一些線索，早晚會把你的案子查得清清楚楚。」

張勝苦笑道：

「警官，一家公司的經營，當然不可能一丁點的問題都沒有，水至清則無魚，這個道理放在哪裏都是一樣的。無論怎麼講，我在看守所裏已經關了快三個月了，縱有一點不合規矩的行為，這個懲罰也夠了吧？」

「你們要懲前毖後、治病救人，不是把人一棍子打死吧？警官，我希望你們能代我向政府有關部門反映一下我的情況，如果能對我寬大處理，放我出去，我願意出策出力，將功補過。寶元公司案的後續處理相當棘手吧？做為一個經營者，我願意向政府提供一些有益的建議，幫助政府解決這個難題。」

盧秘書聽到這裏，頓時來了興趣，忙問道：「你說說看，你有什麼好辦法？」

現在他們成功上位，已經不在乎張勝這個小蝦米的這點砝碼了。但是曾經被他們當成有力工具的寶元案，在他們主政之後，卻成了令他們頭痛不已的社會問題、經濟問題。

寶元公司是一個近十億總資產的省內最大民營公司，一旦倒閉，引起的一系列經濟問題、善後問題，豈是那麼好處理的？寶元公司集資案涉及上萬人，數萬個家庭，數十萬人口，其中大多數還是政府公務員，他們今天上訪，明天告狀，彙集起來的能量非同小可。

這些事能不能妥善處理，是考驗他們執政能力的一道重要試題。如果一旦失敗，甚至搞得更加混亂，被迫靠邊站的一派就很有可能捲土重來。他們現在是成也寶元，敗也寶元，正愁找不出妥善解決的方案呢。

張勝看了他一眼，淡淡地說：「這個啊……我希望先得到政府有關部門的承諾。」

盧秘書「啪」地一拍桌子，氣惱地說：「你不要得寸進尺，我還沒見過這麼囂張的犯人！」

張勝慢悠悠地說：「提醒您一下，我是犯罪嫌疑人，而不是犯人。」

盧秘書冷笑：「有什麼區別？」

張勝眉尖一挑，說：「當然有。我國法律規定，在刑事偵查階段和審查起訴階段，即檢察機關向人民法院起訴前，稱為犯罪嫌疑人；在檢察機關向人民法院起訴後，稱為刑事被告人。無論是犯罪嫌疑人還是刑事被告人，未經人民法院判決，都不得認定為有罪。因此，不能將犯罪嫌疑人、刑事被告人稱為『犯人』。」

「你！」盧秘書被他噎得直喘粗氣，卻不知說些什麼。

劉隊長忙笑道：「盧哥，裏邊的人都這樣，法律條文背得滾瓜爛熟，比律師還明白呢，他們也就只能抓住這根救命稻草了。不過，有沒有罪，不是他們說了算，你別跟他一般見識。」

盧秘書重重地哼了一聲，想了想，貼著劉隊長的耳朵悄悄說了幾句話。劉隊長詫異地看了他一眼，盧秘書點點頭，劉隊長猶豫片刻，便也點了點頭。

張勝把這一切都看在眼裏，心中泛起一陣喜悅，他知道，他的誘餌和強硬的態度已經令這個盧秘書開始認真考慮他的話了，一旦他的幕後老闆開始認真考慮自己的建議，重新認識他的利用價值，那他出獄之日就為期不遠了。

果然，劉隊長站了起來，冷淡地說：「好了，今天就審到這兒，我們走吧。」說完，他和盧秘書當先走了出去。

秦若男故意慢吞吞地收拾著筆錄，拖延著時間走在最後，等到其他人都出去，她嗔怪地瞪了張勝一眼，說：「下回別這麼跟他們說話，要是把他們惹毛了，你少不得又要吃一頓苦頭。」

張勝一隻手銬在椅子上站不起來，他坐在那兒笑嘻嘻地說：「謝謝你的關心，有你在，不會讓我吃那苦頭吧？」

「切，我會幫你？我恨不得狠狠揍你一頓，你剛才幹什麼呢？要什麼流氓？」

張勝喊冤道：「我哪有，我只是覺得跟你親切而已。」

「切！花言巧語！」

「對了，女警官，該告訴我你的名字了吧？」

「就不說，你問這個幹嗎？」

張勝誠懇地說：「不管你是受了誰的託付來照顧我，但是我感覺得出，你從來沒把我當成一個犯人，真的，我說的真心話。別看我平時油嘴滑舌的，那實在是因為在這裏邊待得都快發霉了，難得遇到個女孩，還是這麼漂亮的女孩，其實……我已經把你當成了我的朋友，非常要好的朋友。」

秦若男的眼神矇朧了剎那，心中有些感動，但她迅即清醒過來，似笑非笑地睨了張勝一眼，說：「這張嘴還真能說，作為一名警務工作者，我和你……」

張勝立即打斷說：「我不是犯人。」

秦若男聳聳肩，無所謂地說：「那好吧，等你出獄那天再說。」

這時，另一邊的門開了，兩個管教走了進來，秦若男又深深地瞟了他一眼，收起訊問筆錄走了出去。

「會的，我相信……那一天很快就要到了！」張勝凝視著她端莊俏麗的背影，在心底輕輕地說。

第四章

回心轉意？

小璐一對剪水雙眸想看他又不看，不看他又忍不住，總是偷空便瞧他一眼，然後再飛快地移開。

張勝這一看去，剛剛逮到了她的眼神，小璐嚇了一跳，兩隻眼睛趕緊垂下去，用一對小扇子似的眼睫毛遮住了她的眼神。

「小璐，謝謝你……為我做的一切。」張勝深情地說。

「不，不用謝，這是我應該做的。」小璐捲著衣角，期期艾艾地說。

「應該？」

張勝重複了一句，心頭急跳了起來：

「為什麼應該？難道……難道她回心轉意了？」

等待的日子是難熬的，張勝望著門外的陽光時，不再只是無聊地看著陽光裏的灰塵飛舞，那期盼的眼神就像是眼前會陡然出現一座彩虹橋，讓他踏上去逃出這片天。

那天的對話他沒有瞞著文哥，原原本本地都對他說了，文哥聽後笑著說：「主動製造機會是不錯的，越是困境，越要勇於去闖，有時你就會發現，原來一道大門就在你的腳邊，只是和牆混成了一個顏色，你輕輕踢一腳，它就會開了。」

說到這兒，他忽然笑了，一向沉穩莊重的他笑得賊兮兮的：「就像二號囚房的大傻帶人越獄時，已經到了最後一關，其實他只要壯起膽子一石頭砸下去，全號人員就成功越獄了，可他偏偏捧著把大鎖發了半小時的怔，然後乖乖地滾回了牢房。」

張勝也不禁笑了：「不會吧？文哥，聽說那鎖有籃球那麼大，恐怕手裏有把大錘都砸不開，砸上兩下，武警就到了。」

「哈哈哈……那把鎖大是夠大，問題是早就壞了，掛在那兒根本是聾子的耳朵——擺設。這種事梁所長敢說嗎？事一發他就緊急找來一把大鎖換上，要不然他可不是一個處分那麼簡單了。」

張勝愣了，愣了半晌，忍不住也失笑。

文哥從煙匣中拿出一根雪茄，張勝忙上前接過替他修剪，文哥收住笑聲說：「不過，你要有點心理準備，想出去終究還是要付出一定的犧牲的。」

張勝烤著煙，疑惑地問：「文哥，你指的是？」

「罪名，你多多少少得承認一些下來。利益，你多多少少得讓一些出去。這樣，你才能找到一個平衡點，讓對方滿意，讓你如意。」

「憑什麼？」張勝有些憤懣。

「就憑他是你的領導！」

張勝激動地說：「文哥，在你面前，我不敢瞞著，說實話，假注資的事是有的，其實現在這事很普遍，要是連這都要抓，得有三分之二以上的企業老闆全讓抓起來。我的公司開起來後，經營上可是沒問題的，我解決了一些人的就業問題，我每月按章繳稅，橋西開發區的經濟發展，我多多少少總有些苦勞、功勞吧？」

文哥接過煙，笑著指了指他的腦袋：「老弟，換位思考一下，如果現在你是那個高高在上的頭兒，一隻小蟑螂被你無緣無故地投進監獄，又無緣無故地放掉，你會不會感到被動？那些盯著你的一舉一動，想找你差池的競爭對手們會不會坐視不理？何況真要查下去，你又不是無懈可擊。」

「該退的時候要能忍得住氣退一步，不要計較於一城一地的得失。有時候，退一步是為了邁進一大步。哈哈，不過話又說回來，世事無絕對，大哥教你的可不包括追女人，事業上退一步是海闊天空，愛情上退一步那可是人去樓空啦……」

張勝想想，文哥說得的確在理，不禁歎息了一聲，心想：「如此看來，當初為了最壞的打算預做的股權分割安排，也許真的要用上了……」

「甄哥，你找我？」張勝隔著號房的門遞進一支煙，和甄哥習慣性地蹲到了地上。

他現在的待遇相當於自由犯，在號子裏是可以隨意走動的，只要不越過警戒線，行動自由就沒有限制。他旁邊放著兩隻暖瓶，剛才要去打水的時候，一個自由號告訴他四號房的甄哥要見他，他便折到了這裏。

「嗯，哥兒們要走了。」甄哥接過煙來對他說。

「判完了？幾年？」張勝關切地問。

「家裏花錢托了人，判了三年。」甄哥吸了口煙，笑笑說：「在這兒關了一年了，再有兩年就出去了。」

張勝歎了口氣，依依不捨地說：「甄哥，兄弟就在本市，橋西區滙金公司是我的廠子，你要出來了，去我那兒。如果我的公司開黃了，出來後也要記得來找我，我家在……」

「你！在這兒幹什麼？」一個管教走過來喝問。這人身材結實，個子不高，看起來很精神。

張勝忙站起來，抖抖身上的馬甲，表示自己是自由犯：「管教，沒啥事，門口曬曬太陽，閒聊幾句。」

「聊什麼聊，馬上離開！」那個管教板著臉，一點不給面子。

「是是是，我馬上走，馬上走。」張勝點頭哈腰地說著，遞上一支煙，陪笑道：「管教，來一根？」

那個管教一把推開他的手，冷冷地說：「我不抽煙，你給我老實點，不然扒了你的馬甲關回號房去。」

「是是是。」張勝好脾氣地笑，繼續陪笑臉，待他走遠了才瞇著眼問：「這個管教面生得很，他是誰啊？」

甄哥說：「連他你都不認識？大名鼎鼎的板王啊。」

張勝訝然道：「他就是板王？這不瞅著挺斯文的一人嗎？」

甄哥嘿嘿一笑，說：「這裏沒人不怕他，就是那些個老大，見了他也戰戰兢兢的。這小子有真功夫，七八個漢子近不了身。你進來時，他就榮升為大隊長了，他不直接管咱們，要不你就見識到他的厲害手段了。」

兩個人又閒聊幾句，約定出獄再見，張勝這才站起來，提著暖水瓶向外走，拐向水房。一路上見到管教人員，他都客氣地陪上笑臉，管教們都認得他是文哥身邊的人，對他態度也還不錯。只是路上又和板王打了個照面，這位仁兄卻不大待見他，唬著一張臉只是冷冷地瞥了他一眼，哼都沒哼一聲。

令張勝興奮的是，那天審訊時說的那番話，果然引起了上面的重視，那位盧秘書接連兩次單獨把他提出去對話，詢問他的意圖，告知上面的底限。兩個回合的交鋒，果如文先生所料，上面想體面地下台，他必須得做出讓步。

最後，張勝和盧秘書達成了一項秘密協定：對張勝的指控，保留抽逃出資罪，這樣首先就把那家財務公司刨除在外，不會牽連到那家公司了。同時，這一切發生在公司正式成立之前，而直至公司成立後很久，張勝都不是公司第一控股人，因此作為公司董事長，他雖有責任，但並非主謀和主要責任人，可以從輕處理。

而張勝則相應地予以回報，由原第一股東徐海生把持、經營的房地產開發公司將收歸國有，變賣廠房以償付銀行貸款和罰款；作為次要責任人，張勝控股的總公司匯金公司也要收歸國有，這個總公司只是一個空殼，除了幾幢辦公樓，其他並沒有什麼。

變賣大樓的錢等於是將寶元公司在匯金公司百分之十的股份變現，用來代替寶元公司償付部分集資群眾的集資欠款。

這個是暗箱操作，不對外公開的，所以償付對象、那些集資群眾的身分可想而知。

張勝的子公司冷庫廠、屠宰廠和水產批發市場因為是自負盈虧、自主核算的法人企業，所以這三家企業得以保留。至於匯金公司在寶元公司的三百萬元投資，要按照正常法定程序走。由於匯金和寶元雙方是合作者，所以要排在其他個人欠款、企業欠款、銀行欠款的序列之後清償賠付，如此算來，這筆錢註定是肉包子打狗，永遠不會回頭了。

同時，張勝還給盧秘書提了一條建議：對寶元公司，不要搞破產清算，那樣在寶元公司有債務的人固然多多少少能夠分得一點殘茶剩飯，但是這麼龐大的一家企業一旦倒閉，眾多失業者的善後問題照樣會成為政府部門的一個大包袱，一旦處理不好，會引起新的社會矛盾和問題。

寶元公司是多元化經營的一個大企業，下邊有星羅棋佈、種類繁多的小廠，比如房建公司、服裝廠、麵粉廠、硫酸廠、磷肥廠、鐵廠、磚瓦廠、煤礦等多家企業。張勝建議，政府方面可以出面牽頭，對寶元公司進行股權分置。

也就是把爛賬債務分成若干份，每個分廠、分公司按資產大小承擔不同金額的債務，同時與各分廠、分公司的負責人簽訂資產分立協議，以債務抵股份。也就是說，各分廠、分公司的負責人以接收總公司債務的方式接收他們現在經營的工廠，張二蛋連資產帶債務在這種一攬子計畫中，分攤給眾多的分公司、分廠的負責人。

這些人一窮二白，只是張二蛋的打工仔，憑空得了一家公司，自然會欣然同意。但是在頭幾年的經營中，他們所獲的利潤是不能歸個人所有的，因為要拿出來償還集資群眾和其他企事業單位、銀行的欠款。

這個計畫，群眾和其他企業也能滿意，他們拿回出資的時間雖然延長了，但是損失卻比讓寶元破產清算小得多。這個主意，是張勝從他危急關頭對兩家子公司進行分立，以保全資產的行動中觸發靈感想出來的辦法，他與文先生探討後，經文先生完善補充，就成為了一個可操作性非常強、各方都可能接受的補救措施。

這個辦法的確比政府準備實施的破產清算要高明得多，不止解決了眼前眾多人追討債務引發的動盪，還避免了寶元這個龐然大物徹底倒閉將引發的其他問題。

盧秘書的幕後人聽了這個計畫奉為至寶，在班子會議上拿出來討論，眾人都拍案叫絕，立即按這個計畫實施。寶元案引起的一系列社會不良反應開始漸漸削弱，這套政策的實施引起了許多人的稱道，還有人撰文在報上發表分析文章，認為這種舉措富有創造性和人性化，是一種非常高明的模式，今後可以在類似的企業繼續施用。

張勝雖然仍在獄中，但是他知道自己出獄之期已經不遠了。刑警隊和檢察院對他的看管明顯鬆懈下來，已經允許他的家人和朋友前來探視。

今天，接到通知的張母就在小璐的陪同下匆匆趕到了看守所。

「張勝，你家裏有人來看你。」板王站在文先生門口說。

張勝放下手裏的《漫談投資組合的幾何增值理論》，茫然地向外看了一眼，思緒這才從書本中清醒過來，他一躍而起，驚喜地道：「我……我家裏來人了？」

在這裏關了幾個月，那感覺卻比幾十年還要長，度日如年的歲月裏，突然聽說可以見到親人，張勝的聲音都有點發顫了。

板王冷峻的臉上難得露出一點笑意：「快出來吧，你母親和你妹妹在等你呢。」

「我妹妹？」張勝感到莫名其妙，不過這時已顧不得多想，他匆匆說了句：「文哥，我去見見家裏人。」就急急地跑出了房間。

「跟劉管教走吧！」板王擺擺手，劉管教便領著張勝向外走去。

「文哥，他出獄之期不遠了。」板王站在門口，低聲地說。

文先生微微點頭，目光閃動如初春的河裏翻滾流動的冰凌，放出了清冽的光。

走到會客室門外，張勝心情激動異常，打開這扇門，就能見到久別的親人了，他的心怦怦直跳，手握住門柄，似有千斤之重，怎麼也拉不開。

吸了幾口氣，平抑了一下心情，他忽地想到了什麼，連忙把馬甲脫掉放到門邊，又整理了一下衣褲，力圖讓那一套灰撲撲的囚犯顯得整齊一些，可是光溜溜的頭頂、胸口的囚犯號碼，那是無論如何也遮蔽不起來的。

「行了行了，你相親啊！再怎麼打扮，家裏人該擔心還是擔心。」

劉管教笑罵一句，說道：「快滾進去吧，我就不陪你了。」

「謝謝管教！」張勝頭一回覺得管教也是那麼有人情味，他感激地道了聲謝，然後長長地吸了口氣，忐忑地拉開了房門。

門一開，張母就從座位上站了起來，忙不迭地把老花眼鏡戴上，激動地看著裏邊。

張勝腳步輕快，臉上帶著很輕鬆的笑意，快步走到她面前，隔著欄杆握住了她的手。

「兒子，兒子，」張母嘴唇哆嗦著，眼中泛起淚花：「你這些天，過得怎麼樣？有沒有人欺負你，你看看你，都瘦了……」

老太太摸著他的臉頰心痛得直哭，張勝卻瞅著旁邊扶著老媽的女孩發起了愣，好半天，他才驚喜地叫了一聲：「小璐！」

小璐扶著他的母親，眼神頗為複雜地看著他，一見他看向自己，不禁局促地低下了頭，盯著自己的腳尖，囁嚅地答應了一聲：「勝……張……大哥，你還好麼？」

張勝無心考慮她稱呼上的變化，她肯來，說明心裏已經原諒了自己，張勝心裏只有歡喜，哪還想得了那麼多。

他歡喜地點頭，說：「嗯，我很好。媽，你怎麼和小璐一起來了？」

張母看了眼小璐有些難為情的樣子，雖知她現在有了男朋友，可心裏還是希望兒子能把自己相中的好媳婦搶回來。一聽他問，想起小璐就是被他氣跑的，不禁恨恨地瞪了他一眼，說：「我們怎麼不能一起來？這些天，我又要瞞著你爹，又得給你弟媳侍候月子，自己身體又不好，全虧得小璐忙前忙後地照顧我。」

「老二有孩子了，男孩女孩？」張勝喜道。

張母惋惜地歎了口氣：「是個丫頭，孩子倒挺漂亮，唉！可惜了的，是個閨女。現在都只准生一個孩子了，我們張家的香火可就指著你了，可是你……你老大不小的了，不成家不立業的，怎麼就讓我這麼操心？」

她越說越氣，眼睛又瞪了起來：「你說你這不省心的孩子，做生意就規規矩矩地做，怎麼就把自己弄進了大獄。擔心得我呀，唉！」

她顫巍巍地在椅子上坐了下來：「虧得你公司裏那些同事，那個鍾情呀，郭胖子兩口子呀，還有個叫黑子的和他小女友，時不時地上門看我們，趁你爸不注意，就告訴我，你的案子托了人，有了眉目了，叫我別擔心，我這才撐得下來。這幾個孩子都不錯啊，虧了他們了，我這次能允許來看你，就是他們幫的忙吧！我說勝子，你犯的那啥出資到底算啥罪啊，啥時候能出來，不會判刑吧？」

「沒事的，媽，這是經濟案，問題不大的，你放心吧，我很快就能出去。要不然，也不能允許你們來看我了。」

張勝安慰著，那雙眼睛又向小璐一溜。

小璐一對剪水雙眸想看他又不看，不看他又忍不住，總是偷空便瞧他一眼，然後再飛快地移開。張勝這一看去，剛剛逮到了她的眼神，小璐嚇了一跳，兩隻眼睛趕緊垂下去，用一對小扇子似的眼睫毛遮住了她的眼神。

「小璐，謝謝你……為我做的一切。」張勝深情地說。

「不，不用謝，這是我應該做的。」小璐捲著衣角，期期艾艾地說。

「應該？」

張勝重複了一句，心頭急跳了起來：「為什麼應該？難道……難道她回心轉意了？」

張母把兒子和小璐的表情看在眼裏，兩個人舊情未斷的樣子讓她心中很是歡喜，便拉住小璐的手，說：「當然。我告訴你，小璐現在是我的乾女兒，是我家小三兒，我疼著呢，以後你想欺負她呀，門兒都沒有。」

「乾……乾女兒？」張勝看了小璐一眼，結結巴巴地問。

小璐臉蛋微紅，輕輕扯了張母的衣襟一下，神態忸怩，卻沒否認。

張勝看了小璐一眼，小璐低著頭，被他看得不安。

「小璐這孩子，長得俊，性情好，會過日子，自打我認了她做乾女兒，街坊鄰居的都打聽著要給她介紹對象呢。小璐啊，聽說你工作的那地方也有小夥兒追你是吧？」張母有意激張勝，故意對小璐說。

小璐被張勝灼灼的目光看得手足無措，張母一問，她忽然想起張勝已和那個曾和他發生關係的女孩確立了戀愛關係，心中一痛一冷，低頭說道：「乾媽，你說這個幹嘛？我都有男友了。咱們好不容易找機會來看……看……看我哥，還是多瞭解一下哥的情況吧，看大哥需要些什麼，回頭咱給帶來。」

「小璐已經有男友了？」張勝聽到這兒，心裏莫名地一沉，這時他才從初逢的喜悅中清醒過來，縱她回頭又如何？如今難道能為了她負了若蘭？

既已擦肩而過，如何停身回頭？想至此處，心中情火便黯然一淡……

秦若蘭來到英國倫敦後，就讀於聖多馬斯醫院南丁格爾護士學校。假期的時候，許多同學到各地旅遊，秦若蘭也打電話租車，想自駕車去旅遊散心。

舍監埃維莉娜修女非常喜歡若蘭，這個中國女孩不穿奇裝異服、不聽重金屬音樂，每天清晨的時候不會有不同的男孩從她宿舍裏鑽出來，而且言行舉止非常嫻雅，符合她心目中的淑女標準。聽說秦若蘭要自駕旅遊，她便熱情地把自己的侄子介紹給她，讓他們結伴而行，以便有個照顧。

埃維莉娜修女的侄子叫雷蒙，是個身高六英尺四英寸、金髮碧眼的英俊男子，他有貴族身分，雖然他沒有城堡，但仍保留著祖上傳下來的一塊封地，一個叫做艾奇特的小島。

他擁有在小島上自由釣魚的權利、擁有島上的礦藏開採權以及對灘上失事船骸的歷史繼承權。這一切很難轉變成眼前利益，除非把小島賣掉，不過這位雷蒙男爵也沒有拍賣祖產的計畫，因為他自父輩起就是倫敦很出色的醫生，家境寬裕。

雷蒙男爵非常具有紳士風度，他和他的朋友愛德華對唯一的女伴秦若蘭非常照顧。一路上，秦若蘭受到了公主一般的禮遇，但是即便歡笑時，她眉宇間仍然有種難以驅散的寂寞和憂鬱。

雷蒙男爵曾笑稱她的憂鬱非常具有貴族氣質，令人望之著迷，如果她一直保持這種憂鬱，也許不久之後就會成為雷蒙男爵夫人。朋友的玩笑話，秦若蘭並沒有往心裏去，她也希望自己能在旅行中忘記過去，重拾心情、重新生活，然而要做到談何容易？

雷蒙和愛德華是非常有修養、有素質的一對年輕人，一路上兩個英俊的男孩很受旅行的年輕女孩青睞，主動向他們搭訕或邀請他們一起旅行，但是都遭到了他們的拒絕，因為他們是一對同性戀人，如果不是因為埃維莉娜修女的託付，想必他們連秦若蘭也不會帶上，不過現在他們倒是成為真正的朋友了。

他們一路旅行，來到了英格蘭西北海岸靠近蘇格蘭邊界的地方，這裏是著名的湖區，擁有英格蘭最高峰「斯科菲峰」和英格蘭最大的湖「溫德米爾湖」。

葛拉斯米爾湖位於溫德米爾湖北邊，小巧優美，除了怡人的風景外，這裏也以沃茲華斯的故居「鴿舍」和他散步的故道而聞名，造物主在這裏布下了一切自然界能有的美麗風景：湖泊、河谷、山峰、瀑布，最美的就是星羅棋佈的湖泊。春夏之交，滿目翠綠，緞面般寧靜的湖水，天鵝絨般的草阪，翠生生的好像一幅還未乾透的水彩畫。

湖區周圍的小旅館充滿了濃濃的文化氣息，它們大都掩映在樹林中，或是建在湖邊，旅館房間佈置得優雅大方，餐廳往往擺放著維多利亞時代的瓷器，臥室床頭的小書櫃上是英國文學名著，在這如詩如畫的湖邊，捧一本經典的英詩，度過一個遠離塵囂的安靜夜晚，實在是無比愜意的事情。

秦若蘭可不是斯文淑女，即便在憂傷中，她也不會像林黛玉似的沿著湖邊的林中小徑散步，呼吸著湖上的氤氳霧氣，淒淒切切、哀哀婉婉，她喜歡在運動中忘卻悲傷和煩惱。

騎馬、快艇、登山、網球、高爾夫，這些才是她的最愛，恰恰也是雷蒙和愛德華擅長的項目，所以，三人玩得非常開心。

草地上，雷蒙和愛德華勒住座騎，看著在山坡上仍在縱騎狂奔的秦若蘭。秦若蘭騎著一匹棗紅色的高頭大馬，身穿標準的騎士服，黑色騎士西服、高領白襯衫、白領帶、戴著黑色騎士盔，下穿淺色彈力馬褲、馬術靴，顯得英姿颯爽。

雷蒙聳聳肩說：「我想，秦小姐一定有什麼傷心的事情，她在藉運動發洩心中鬱積的情感。」

愛德華蹙著眉說：「你不要大發感慨了，我覺得，我們應該制止她，她騎的是這裏性子最烈的一匹馬，連你我輕易都不敢騎牠，而她的騎術，還不及你我。」

「可我覺得，適當的發洩，其實是好事……」

雷蒙剛剛說到這兒，一聲馬嘶，那匹高頭大馬人立而起，秦若蘭一聲驚叫，從馬上摔了下來，後腦重重地磕在了地上。

「我的上帝！」雷蒙和愛德華齊聲驚叫，策馬便向她出事的地方狂奔而去……

一輛破舊的吉普車停在滙金公司對面的林蔭道下，楚文樓用陰冷的目光瞟著對面院內的辦公大樓，說：「你們好好觀察一下周圍地形，行動時間就設在今晚，到時我會想辦法把她引出來，你們把她擄上車後迅速帶到約定地點，十萬塊錢就是你們的了，這是兩萬元定金。」

坐在駕駛位置的一個男人接過錢掂了掂，揣進了褲子口袋。

這個人留著八字鬍，體態稍顯臃腫，黑綢襯衫、黑綢長褲，臉上戴著墨鏡，顯得又冷又酷。他的領角有幾塊油漬，不過因為衣服是黑色的，所以不太明顯。

後排座位上坐著兩個男人，年紀比他小著幾歲，大約只有二十出頭，一個寸頭、一個長髮。寸頭的小鼻子小眼，睜大了眼也像沒睡醒似的。長髮的頭髮染得一縷黃一縷白的，嘴寬眼細邪裏邪氣，很有點東邪黃藥師的味道，他們倆正探頭探腦地觀察著匯金公司周圍的情形。

楚文樓又從懷裏摸出一個牛皮信封，從裏邊掏出幾張照片分發給他們，囑咐道：「看清楚了，是這個女人，千萬別擄錯了人。」

「我靠，尤物啊，太他媽妖了，妖得人家小心肝撲通撲通的。」

寸頭的小眼睛一下子睜得比綠豆還大，口水都快流下來了：「大哥、黃毛，你倆認完了人兒把照片給我吧，喜歡死我了，你看這臉蛋兒、這豐胸、這細腰、這長腿……」

「啪！」他後腦勺被黃毛拍了一下：「你這個廢物，照片給你幹嗎？今晚上能見到真人，要玩就玩真格的，你知道不？」

他覥著臉對酷哥說：「大哥，今晚叫兄弟爽一下吧，這樣的女人，千裏挑一啊！你看她那眼神，那個風騷、那個撩人啊，咱一輩子不定能不能碰上第二回呢，你知道不？」

照片是從不同地方不同角度偷拍的，有鍾情正在水產大廳和業戶聊天的畫面，有她穿著ＯＬ裝剛剛開賓士車時的，有她正與客戶親切握手交談的。

嫺靜溫雅、儀態萬千，美則美矣，就是不知這位流氓兄所說的風騷撩人從何說起，相片上的少婦可是連正眼都沒看他。如果不是有些女人真的能從骨子裏透著性感，那就是此人有點納西索斯的自戀傾向。

正在扮酷的老大眼中也射出貪婪的光，他一把摘掉墨鏡，仔細盯著照片看了半天，這才記起身為老大的責任感來，他瞟了楚文樓一眼，皮笑肉不笑地問：「這個女人是不是只要完完整整地帶給你就行了，沒有其他要求吧？」

楚文樓明白他話裏的意思，嘿嘿笑道：「三位兄弟的意思我明白，放心，我只要她這個人啥零件兒不缺地出現在我面前，神志能保持清醒就行。」

流氓老大一拍他的肩膀，笑道：「行，上道兒，哈哈……既然如此，你放心好了，我保證她身上的零件全都完好無損，不但不會缺點兒什麼，我們哥三兒還得給她……嘿嘿嘿……」

三個流氓淫笑起來，楚文樓陪著奸笑兩聲，想了想說：「不過，你們不能誤了我的正事，抓了人得馬上帶過來，等我的事忙完了，你們願意怎麼爽就怎麼爽。」

「行，一言為定！」

楚文樓暗暗得意，到時候威逼利誘一番，只要達到目的，就占了她身子拔個頭籌，這幾個小子願意替自己刷鍋，那也由得他們去。大家把事兒都犯在一起了，更安全。而鍾情，她現在是一家企業的老總，有頭有臉的，她好意思把被輪姦的事說出去嗎？

楚文樓暗暗打著如意算盤，抬腕看看手錶，說：「行了，快中午了，哥幾個，咱們走吧，找個飯店先吃一頓，晚上還要辦事，酒可得少喝。」

「好！」酷老大爽快地答應一聲，啟動了車子。

「砰！砰砰！」吉普車奮力放了幾個屁，向前躥了幾下。

楚文樓晃著身子，皺眉道：「油箱進水了是怎麼著？」

小黃毛道：「油箱怎麼會進水呢，你腦袋進水了是怎麼著？那是排氣管連接處的墊片壞了，你知道不？發動機也有毛病，你知道不？」

「砰！砰砰砰！」車子又放了一串響屁，然後開動起來，酷老大扭頭吼了一句：「對咱們的衣食父母說話客氣點兒！」

然後又扭過頭來對楚文樓不以為然地說：「沒啥，這破車早該報廢了，全都是毛病。」

楚文樓不放心地說：「我說你們可得小心點，要是晚上行動時拋了錨，那可壞了菜了。」

酷老大叼著煙，學著小馬哥的神態說：「安啦，我老刁辦事，你儘管放心。」

「砰砰！砰砰砰砰砰！」吉普車時不時地夾帶出一串響聲，拐上了環城公路。

張勝回到囚房，坐在墊上發呆。

今天，又有幾位朋友來看他，他們是哨子、李爾和李浩升。老友相見，難免唏噓，以前的芥蒂也都一掃而空了。張勝迫不及待地向他們問起秦若蘭的近況，卻如聞晴天霹靂，李浩升告訴他，表姐在英國已經有了男朋友，還是一位有城堡、有封地的貴族。

秦若蘭的來信中說，她和這個叫雷蒙的英俊男孩正在美到令人髮指的英格蘭著名湖區旅遊，彼此相處非常愉快。

李浩升拿出秦若蘭和那個金髮碧眼的英國貴族一齊駕車、登山、騎車、駕駛快艇、打網球、騎馬的相片給張勝看，張勝見了默然如喪。

伊人還是那般嬌俏模樣，笑顏如花，分外嫵媚，然而對他來說，卻已是觸手難及，心靈的距離變得那般遙遠。

如果秦若蘭獨居於英國，他無懼於用盡手段去追她回來，可是她已有了男友，去爭一個已經有了男朋友的女孩，那遠遠超過了張勝的道德範疇。

小璐不過幾個月的時間，就找了男友；若蘭，也是如此；現代人的愛情都是這種速食式的感情？若蘭，我不求你天長地久，也不求你記我念我多久，可是才不過半年時間……這也太快了點吧？放棄一份感情，接受一份新的感情，可以做得到那麼快、那麼坦然嗎？為什麼……我偏偏做不到？

記得徐海生說過，他的女友離開他時，哭得死去活來，可是離開僅僅七天，就打來電話提出分手。說起來，她們都是被我傷過心的，算是夠對得起我了。張勝苦笑著自我安慰，雖然這樣想著，心裏的難過卻仍難以抑制。

秦若蘭寄來的信中，有一頁是給他的，夾在給李浩升的信中，信中囑咐說：「如果張勝從不念起我，那就算了，如果問起我來，就把這信交給他。」

張勝重又拈起那封信，細細地讀了一遍，還是不明白這封信蘊含的意思。

「佛說：彼岸，無生無死，無苦無悲，無欲無求，是為極樂世界。有一種花，超出三界外，不在五行中，生於弱水彼岸，是為彼岸花。花開彼岸時，只一團火紅，花開無葉，葉生無花，相念相惜，卻不能見。生生相錯，獨自彼岸……」

這封信，更像是一首詩，張勝卻琢磨不出她的意思。

文先生背著手在屋裏踱步，張勝盤膝坐在地上念念有詞，兩眼發直，彷彿根本看不見他的存在。

文先生停下腳步，皺著眉看了他半天，在他面前輕輕搖了搖手，張勝連眼皮都不眨，文先生又好氣又好笑。

「英國貴族……很有錢麼？我要是有錢，就去英國買一座最大的城堡，就住在你們家對面……」

張勝恨恨地想，可是想想那個極有紳士風度的英國年輕人，他又頹然一歎：「唉！就算如此，我終究是沒有人家帥，沒有人家那麼有氣質……」

「為什麼非要嫁洋人？哪怕你找個男朋友，只要是中國人，我也不會這麼難受。外國人……從小的生活環境、文化理念那麼不同，你會幸福嗎？蘭兒？你是不是……是不是因為恨我，才這麼輕率地決定終身？這首似佛偈似詩歌的信到底是什麼意思呢？為什麼我讀著，卻像是無限遺憾，戀戀不捨？你真的那麼決絕地忘了我？」

「喂，小子，這回來看你的是你女朋友吧？怎麼魂不守舍的？」文先生終於忍不住說話了。

「文哥？」

張勝的眼珠動了動，突然眼神一亮：「對啊，文哥，你對佛學很有研究，你快幫我看看，這首詩到底是什麼意思？」

張勝急忙站起來，把詩遞給文先生。文先生一看那娟秀的字跡，便笑道：「果然是女人，寫給你的情詩嗎？我能看得？」

「能能能，文哥，你快幫我看看，這詩是什麼意思？」

文先生拈著那頁紙，把紙上的詩句仔細地讀了一遍，雙目微闔起來。

「怎麼樣？文哥，你明白詩裏的含意嗎？」

文先生沉吟道：「彼岸花，又名曼珠沙華。曼珠沙華，出自《法華經》，本名摩訶曼陀曼華曼珠沙華，意思是，開在天界之紅花。同時，它又是傳說中唯一能夠生長在冥界的花。佛經中說，它是三途河邊的接引之花，嗅到它的花香時，能夠喚醒死者生前的記憶，是故此花與孟婆湯可謂恰恰相對。」

張勝瞠目道：「忘記什麼？又記起什麼？不會是這個意思啊，才幾個月時間，我會忘了什麼？還是她要忘了什麼？」

文先生翻翻白眼，揶揄道：「老弟此言太有禪機了，老衲不解。」

張勝苦笑道：「文哥，你別耍我了，我真的很想知道她信裏的意思。」

文先生凝視了他一眼，問道：「這個女人，對你很重要？」

張勝長長吸了口氣，鄭重地點了點頭：「是！很重要！」

文先生點點頭，微微思索片刻，又道：「春分前後三天，叫春彼岸。秋分前後三天，叫秋彼岸。曼珠沙華開在秋彼岸期間，非常準時，所以叫彼岸花。這種花有種特點，就是花與葉永不相見，有花無葉，有葉無花，只能選一樣，這個就是彼岸花的宿命！」

「哦……文哥，這個有點深奧，到底什麼意思？」

「它長出葉子的時候，花是絕對不開的，待到開花時，葉子已全部落光，所以才有『彼岸花，開彼岸，只見花，不見葉』的說法。」

「彼岸花，開彼岸，只見花，不見葉。花與葉，永不相見……」張勝喃喃自語。

文先生又道：「日本對彼岸花的花語是『悲傷的回憶』，韓國對彼岸花的花語是『相互思念』，意思大同小異。用佛經中的注解來說，那便是『開一千年，落一千年，花葉永不相見。情，不為因果；緣，註定生死！』」

「開一千年，落一千年，花葉永不相見……有花無葉，有葉無花，無生無死，無苦無悲，無欲無求……」張勝的眼睛濕潤起來：「她……是說，要和我天涯永隔，永不相見麼？我就知道，我就知道她性如烈火，雖為了她，曾為我委曲求全那麼久，為什麼總是要失去後，我才懂得去珍惜……」

張勝又陷入癡怔之中，文先生繞著他轉了兩圈，搖頭嗟歎，給他下了斷語：「情商太低，有點晚熟！這可憐孩子，上學的時候估計連女孩的手都沒牽過……」

第五章

永遠是別人的錯

「放開我！」鍾情厲聲叫，

但是她只掙扎了兩下，一柄雪亮的彈簧刀便抵在了咽喉上。

鍾情不動了，她冷冷地看著楚文樓，說：

「姓楚的，張總哪裏對不起你，你要破壞冷庫來報復？

你是張二蛋的人，張總把你交給張二蛋處理，

是他打斷了你的腿，無論怎麼算，你都不該算到我和張總的頭上。」

「冤有頭，債有主，如果不是因為你們，我二舅怎麼會打斷我的腿？」

「永遠都是別人的錯，你從來不會檢討你自己？

楚文樓，你是徹頭徹尾的一個小人！」

夜深了，鍾情還在辦公室裏忙碌著，張勝從看守所帶出了消息，把他與官方的妥協方案告訴了她，要她著手準備房地產公司和匯金總部的移交工作。

能夠不顯山不露水地挪到子公司名下的財產，鍾情儘量地移走，爭取給張勝盡可能挽回些損失。忙到很晚，她仍無倦意，但是卻已饑腸轆轆。這幾天太忙了，忙到都沒空去看張勝，但是她知道，她這裏的進度越快，張勝出獄也就越快，她恨不能變成三頭六臂，儘快地把所有事情解決好，把張勝救出。

重新盤點了一遍，確認無誤之後，鍾情站起身來，揉揉發酸的腰肢，留戀地打量著辦公室的一切。這間辦公室是張勝的，在她走投無路的時候，張勝收留了她，兩個人在這間辦公室裏打拼，用兩年時間打造了一家頗為興旺的企業。

張勝入獄後，她作為代理人整天在這裏辦公，辦公室的一切陳設她都沒有改變，那上面有張勝的痕跡，看到它們，她就有種張勝還在身邊的感覺。她本想把這一切再完整地交回到張勝手中，然而現在卻不得不把它們封存，作為賠償交出去了。

在辦公室裏緩緩走動，撫摸著熟悉的一切，鍾情黯然神傷。來到裏間張勝的臥室，腰背酸麻的鍾情和衣躺在那張單人床上，睜著雙眼望著天棚發了一會怔，然後微微側身，抱起張勝的枕頭，輕輕地嗅了嗅。

他被帶走半年了，可是在鍾情的感覺裏，那上面似乎還有他的味道，彷彿他昨夜還曾睡在那枕上面。輕輕摩挲著枕巾，鍾情依戀地合上了眼睛……

「叮鈴鈴……」電話鈴聲響了。

鍾情閉著眼睛摸到電話，湊到耳邊：「喂？」

「什麼？」鍾情霍地一下坐了起來，「什麼時候，在哪裏？好……我馬上下去！」

鍾情匆匆離開辦公室，下了樓。九點多了，夏天的夜雖短，但是此時也已完全黑下來，開發區的住戶還不是很多，街上寥無行人，公司門口停著一輛吉普車，車前站著一個男人。傳達室老胡打開電動門，鍾情走了出去。漂亮女人，就算是老男人也喜歡多看幾眼的，老胡瞇著眼盯著鍾情的背影多看了幾眼，這時卻看到了驚人的一幕。

他看到吉普車前站著的人和鍾情說了幾句話，鍾情探頭往車裏看時，那男人突然推了她一把，車裏也伸出一雙手，一下子把她拉了進去。鍾情掙扎著，但是車門迅速關上了，那個男人跳上車，吉普車「砰砰砰」地放了一串響屁，急速開了出去。

「這……這這……」老胡驚愕得手足無措，他抄起了電棍才想起來根本追不上人家，趕快又按響了警鈴，跑出傳達室對著警衛室喊：「快來人啊，快來人啊，鍾經理被人搶走啦！」

「你再他媽掙扎，老子把你褲子扒了，你知道不？」小黃毛一手捂著鍾情的嘴，一手抓住她的手腕，瞪著眼咋呼。旁邊寸頭直勸：「黃毛，你輕點兒，別把人捂沒了氣了。」

酷老大激動得臉頰漲紅，一腳油門踩到底，瘋狂前行，眼睛不斷看向後視鏡，沒發現有人追蹤，不禁得意地哈哈大笑起來。

鍾情心裏又驚又懼，她不知道這些人是要綁架她勒索錢財，還是出於其他目的，但是隨著車子越開越遠，她知道已經無法掙扎脫身，便不再白費力氣，她需要先搞明白這些人的目的，才好爭取脫身。

車子在橋西開發區空曠平坦的道路上兜來兜去，駛出開發區，在僻靜的公路上行駛了一段時間，最後駛進了一個鎮子新建的社區。

「砰！砰砰！砰砰砰！」車速一放緩，尾氣管又砰砰地響起來，砰砰的聲音在社區樓群前迴盪。

這個社區正在建設，路邊挖著壕溝，泥土還沒有回填，路燈也還沒亮，兩旁一棟棟樓房，看樣子蓋的是住宅樓。有幾棟樓已經建好了，還有幾棟樓旁還停著塔吊，外部裝修還沒有全部完成。

社區裏黑漆漆的，三個人下了車，七手八腳地拖著鍾情拐進了一棟剛剛建好的樓房。

「上去！」這棟樓不高，只有五層，爬到五樓上面，酷老大對鍾情厲喝一聲。

「這位兄弟，你們為什麼綁我？如果要錢，咱們好商量。你們也不想把事情鬧大了吧？」鍾情冷靜地做著說服工作。

「馬上爬上去！」刁老大推了她一把，「別怪我們，我們也是受人之托……馬上上去！」

小黃毛說：「我跟你說，你乖乖聽話，我們哥們就不難為你，你別嚇唬我們，我們要是怕，就不幹這個了，你知道不？」

鍾情抬頭看看爬向天台的梯子，無奈地握住鐵環，一級級地向上爬去。

屁股上突然被人摸了一把，鍾情沒敢停下，強忍羞憤繼續往上爬，她要知道，到底是誰授意這幾個流氓綁架她，目的為何。

底下小寸頭結結巴巴地說：「真……真他媽舒服，這手感……我的手都快化了……」

「你再手賤，老子把你手剁了，你知道不？狗日的，我還沒碰她呢，倒讓你佔先，你出力了麼，你自覺點，知道不？」小黃毛忿然罵道。

「別吵了，沒見過女人啊！」刁老大吼了一句，摸摸兜說：「哪個有煙，給我一根。」

鍾情爬到樓頂，風呼地一下吹了過來，雖是夏天，這空曠的高處還是非常涼爽的。星光滿天，與遠處的燈火輝映在一起。

樓沿處站著一個男人，背對著她正看著遠方的燈火，他穿了一件豎領風衣，雙手插在風衣兜裏，風吹得風衣飄揚起來，給他蒙上了幾分神秘的氣氛。

「他就是幕後主使！」鍾情心頭怦地一跳。

那個人抬起手，撫到唇上，唇上閃了一下，原來他的嘴上正叼著一支煙，他拿開煙，悠悠地吐了一口，然後慢慢地轉過身：「鍾經理，久違了。」

「你是誰？」鍾情問著，心裏飛快地思索著：「好熟悉的聲音。」

那人沙啞一笑，突然舉步向她走來。一隻手扶著左大腿，胯骨一搖一擰，屁股向後一拱，殘廢的左腿便向前拖上一步，他方才努力營造的神秘氣氛頓時一掃而空。

「楚文樓！」

看著走近的那個男人，鍾情驚叫一聲。

「難為你了，還記得我！」楚文樓冷笑一聲，滿眼怨毒。

「是你？」鍾情滿臉輕蔑，「姓楚的，你又玩什麼花樣？」

「嘿！」楚文樓直起了身子，輕浮地笑：「花樣？花樣得你配合著才玩得起來呀。」

「無恥！」鍾情的下巴仰起來，不屑一顧。

楚文樓的自尊被刺痛了，他衝上去一把揪住了鍾情的衣領，獰聲道：「臭婊子，拜你和張勝所賜，我現在成了殘廢，你總該付出點利息吧？」

「放開我！」鍾情厲聲叫，但是她只掙扎了兩下，一柄雪亮的彈簧刀便抵在了咽喉上。

鍾情不動了，她冷冷地看著楚文樓，說：「姓楚的，張總哪裏對不起你，你要破壞冷庫來報復？你是張二蛋的人，張總把你交給張二蛋處理，是他打斷了你的腿，無論怎麼算，你都不該算到我和張總的頭上。」

「冤有頭，債有主，如果不是因為你們，我二舅怎麼會打斷我的腿？」

「永遠都是別人的錯，你從來不會檢討你自己？楚文樓，你是徹頭徹尾的一個小人！」

楚文樓厲聲道：「說得不錯，說得太好了！我是小人，我就是一個小人，那也好過你們這對狗男女！張二蛋判了，可張勝還沒有，欠我的，你們要連本帶息地還給我！」

「你想怎麼樣？」

楚文樓目光一閃，嘿嘿笑道：「很簡單，我要你把張勝虛假注資、抽逃出資的確鑿證據交給我，還有，他在出事之前緊急分立公司，轉移資產的事你也得寫下來，有了他假分立股權、實藏匿資產的事實，我就能讓他把牢底坐穿。」

「沒有證據，這些都是有人想整他，強栽給他的罪名，張總根本沒有做過這些事。」鍾情一口否認。

楚文樓笑笑，用刀子輕輕拍拍她嬌嫩的臉蛋兒：「鍾情小姐，真人面前不說假話，別忘了，我跟他合作比你還久，那點事我還不知道嗎？我一清二楚，只是……我需要證據，需要一個更強力的證人。沒人比你更合適了，至於證據，就算真的沒有，你現在把持著公司大局，也完全可以造出一份來是不是？」

「我不會做對不起張總的事！」

「算了吧，你和他算什麼？露水姻緣？他會娶你嗎？鍾情，你考慮清楚，如果你答應合作，可以製造點他偷稅漏稅非法經營的證據，只要讓他繼續蹲大獄就成了，公司分立轉移資產的事可以提都不提，你可以繼續當你的公司老總，有頭有臉，有車有錢，這樣的日子，你不想放棄吧？」

「如果你不答應……鍾情，我已經是廢人了，除死無大事，沒有什麼是我幹不出來的。你知道嗎？我請那三個流氓的錢，是我把自己的房子賣了才拿出來的，我已經破釜沉舟、孤注一擲了！」

他的眼神有點瘋狂，獰笑道：「你不答應，我就讓那三個流氓把你輪姦了，然後劃花你的臉，讓你變成一個狗見了都會嚇跑的醜八怪，身敗名裂，永不超生！我說得出，做得到，你考慮清楚！」

鍾情冷冷地看著他，一言不發。

楚文樓舔了舔嘴唇，繼續誘惑她：「要是答應我，你有什麼損失呢？要名有名，要錢有錢，要身分有身分，憑你的模樣、身價，想找什麼樣的男人沒有？人不為己，天誅地滅！」

「我……正是為了我自己！」鍾情盯著他，目中飛起一抹神采：「在我心裏，他比你說的這些都重要，所以……我願意犧牲一切來維護他，我喜歡他！」

楚文樓瘋狂大笑起來：「哈哈哈，你喜歡他？你都不敢說一個愛字。自卑是吧，你也知道自己不配是吧？你在三元印刷廠鬧的那一齣，到現在都是那兒的人津津樂道的故事啊！」

他惡狠狠地咒罵道：「姓鍾的，裝什麼聖女？你一天是蕩婦，就一輩子是蕩婦，永遠也別想洗刷，永遠也別想抬頭。一個良家婦女若想成為一個蕩婦，不過是一分鐘的事。一個人們眼中的蕩婦想做貞節烈女，卻比放下屠刀，立地成佛還難一萬倍，這汙名你會背一輩子，背到死！」

鍾情的眼睛裏溢出了閃閃的淚光：「我不需要讓你這種人來評價，你這種滿腹齷齪的小人有什麼資格評價別人？上帝對一個罪大惡極的人臨死之前的懺悔都能接受，可是世俗間的人有幾個有那樣的胸懷？我早就想開了，我不在乎你這種人渣怎麼看我，我只要做好我自己，做到問心無愧，做到對得起他，足夠了！」

「楚老大，你的事辦好了沒有啊？」老刁爬上來探頭問了一句。

「就好，就好，馬上！」

老刁一縮回去，楚文樓就用刀逼著鍾情退了幾步，把她壓躺在樓頂小房子式的建築上面，冷笑低聲說：「好！敬酒不吃吃罰酒的爛貨！」

他一手持刀壓在鍾情頸上，一手匆匆解著風衣：「老子當初想玩你，結果被張勝那小子打了個烏眼青，今兒老子得找回來，我一定要玩了你，哈哈哈，不知道張勝知道了還會不會要你！」

鍾情恐懼地掙扎起來，她越掙扎，楚文樓越有報復的快感，他獰笑著嘲諷道：「這地方那是叫天天不應，叫地地不靈，你就別白費力氣了。要想從這逃出，除非上面掉顆炸彈！」

鍾情被擄走後，滙金公司炸了鍋，保安和在公司住宿的男職工三五人一隊四處尋找，老胡又打電話報了警，然後給郭胖子掛了電話，郭胖子在開發區買了房子，正在家裏輔導孩子作業，一聽消息急三火四地跑到公司來，差點兒沒舊病復發再度暈倒。

幾通電話掛出去，和分頭搜尋的人聯繫了一下，一點消息也沒有，郭胖子想起黑子，急道：「快點，給黑子掛個電話。」

老胡懵然道：「郭經理，他在橋西新鎮住呢，把他找來也趕不上啊，我看還是敦促警方加緊尋找吧。」

郭胖子瞪眼道：「你懂個屁，小黑原來是道上混的，這十里八鄉的流氓地痞他都熟。官有官道，匪有匪道，說不定他能找出什麼線索來，打！快打！」

「哎！」老胡應著，趕緊抓起電話打給小黑。

小黑和女友白心悅正在橋西新鎮的一幢大樓裏閒逛。

「看著沒？小悅，這房子兩室兩廳，雙陽台的，寬敞吧？」大廳中間的地面上還有一些工業垃圾，房子剛剛完工，外部裝修還沒結束，屋裏也很骯髒。

這時樓底下傳來「砰砰砰」的一串巨響，黑子探頭一看，旁邊的樓洞口停下了一輛破吉普，由於是在同側，沒看到下車的人，黑子自言自語地道：「這誰啊，這麼晚跑這兒來？」

白心悅說：「興許也是看房的吧。」

黑子點點頭：「這麼晚還來看房，這地方房子夠火呀，咱到時可得抓緊，買到樓層好的。」

白心悅打量著屋子，說：「嗯，這房子框架、格局還真不錯，挺貴的吧？黑子，其實我也不指望你一結婚就能買大房子，有個地方住就成。」

「老婆，小瞧我是不？我現在也是有錢人了，屠宰廠的股份我可占著大份兒呢，別的不說，起碼把這棟房子買下來不成問題。你看這地方好不？離你家我家都近，回個門子串個門也方便，等房子正式發售我就來買一套。」

白心悅開心地道：「嗯，你家就是太擠了，你爸要把大屋讓給咱住，那哪兒成，可那小屋啥傢俱也放不下，再說……隔壁牆太薄，有點動靜那邊都聽得見，太難為情了。」

黑子嘿嘿地笑，逗她道：「哎，有什麼動靜怕我爸媽聽見？」

小白害羞了，用肩膀拱了他一下：「去你的，不跟你說了，天都晚了，咱們回去吧。」

「別……」黑子扶住她的肩膀，凝視著她的眼睛，黑夜裏，兩個人的眼睛亮晶晶的，閃著光。

「房子一下來，我們就結婚了，老婆，我愛死你了，以前我這人犯混，結交些不三不四的朋友，少年管教所住過，拘留所待過，咱們從小同學，你是好學生，我是二流子，可你從來沒嫌過我，我這心裏都記著呢。」

「說什麼呢你，你現在不是挺好的，以後咱們好好過日子比什麼都強，人家才不聽這些甜言蜜語。」白心悅輕輕說著，還是被他哄得滿心歡喜。

黑子的呼吸急促起來，他忽然一低頭，吻上了白心悅的小嘴，小白推了他一下，然後便攬住了他的脖子，兩個人纏綿熱吻起來。

兩人之間的溫度迅速升高，兩個人已經偷嘗過禁果了，但是小白還是害羞，她推脫著說：「別了，黑子，我們回去吧。一會兒你起了性又該沒完沒了了，這裏髒，又沒個地方……」

「小悅，我真的忍不住了，咱們倆都好久沒親熱過了，怎麼憋得住呀，來……你來……」他拖著小悅，把她拉到窗台前，覥著臉哀求：「來，寶貝，你扶著窗台。」

「幹嘛呀你，」小悅大羞，「哪有這樣的，人家不幹。」

「怕什麼呀，烏漆麻黑的，這社區還沒建好，又沒人，乖啦，小悅，我的好老婆，我的好妹妹。」黑子放下身架，一個勁兒勸。

「我不……」

「來嘛……」

一對小情侶較起勁兒來，黑子一邊說，一邊在白心悅身上胡摸亂揩，撫弄得小悅嬌喘吁吁，面紅耳熱，不知不覺已是春心蕩漾，半推半就地被心上人摁到了窗台上。

小悅臉紅紅地扶著窗台，那一頭長髮披散下來，臉上頓添幾分柔媚……黑子興致勃勃，突然手機急急響了起來。

小黑氣急敗壞地掏出電話，一看是總公司打來的，倒沒隨手按掉，他沒好氣地打開，吼道：「什麼？老胡，你他媽給我大聲點，其他人不要吵！啥？鍾情被人搶走了，等等等等，你慢慢說，什麼搶走了，搶鍾情做啥玩意兒？」

老胡說得顛三倒四，剛說到一輛愛放屁的吉普車，郭胖子便一把搶過了電話：「黑子，你他媽的死哪兒去了，往家打不接，鍾姐讓人給劫走了，目的還不知道，你小子認識道上的朋友，快給打聽打聽，都他娘的火上房了，你吱個聲兒啊！」

黑子愣了一下，突然道：「等等，你說啥？不是你，是老胡，那輛吉普車尾氣排放老砰砰地響？」

得到準確答覆後，黑子一聲驚叫：「怎麼就這麼巧！你們馬上來橋西新鎮望花社區，新建的樓群，到了望花街一打聽就知道，我去救人，鍾姐十有八九就在這兒！」

說完黑子撂下電話，整理著衣服，對站在一旁滿臉好奇的白心悅說：「你待著，別亂動，我去旁邊門洞看看，鍾姐可能讓道上的兄弟給擄這兒來了。」

說完黑子拔腿便走，到了樓下，他順手抄起一根棱木條子便快步向旁邊樓道撲去。一共五層樓，黑子還想一間間屋找呢，可剛到二樓就聽到樓上有人說話，他立即循聲趕去，片刻的工夫到了五樓。

五樓通往天台的樓梯口，黃毛和寸頭正你一言我一語地意淫著樓上的美女，刁老大剛剛催促完楚文樓，正背對著他們從樓上下來，黑子提著一頭釘著幾根鐵釘的四棱木棒到了。

「一會兒大哥玩過了可得我先來，今晚可是我把那娘們抓上車的，你知道不。」

「我靠，憑什麼呀，你當時坐外邊呢，你不抓誰抓啊？要來一起來。」

「你少跟我呲毛兒，我告訴你……幹什麼的？」

黃毛剛說到一半兒，聽到腳步聲，立即拿手電筒往下一照。黑子早有準備，一手抬著擋住強光，兩步就躥到了面前，厲聲喝道：「鍾姐是不是你們兩個兔崽子給逮來了？」

「你小子幹什麼的，怎麼找來的？」黃毛警惕地問。見他只有一個人，穿白背心花褲衩子，不像員警，頓時放下心來：「想護花啊，也不看你自己的分量，我們大哥在道上可是有號的人物，你知道不？」

「砰！」一隻缽大的拳頭砸在他鼻樑骨上，頓時滿臉開花，黃毛一聲哀號，仰面便倒。

黑子惡狠狠道：「我在道上混的時候，你還在你媽的腿肚子上轉筋呢，你知道不？」

寸頭膽兒小，一見頓時腿軟了：「有話好說，有話好說。大哥，大哥，你快下來！」

刁老大正爬到一半，一見不妙一躍而下，厲聲道：「兄弟，你是幹什麼的，壞人好事，知道後果嗎？」

寸頭手裏的手電筒還亮著，黑子借著手電筒的光一看，冷笑地道：「原來是你啊？小刁，什麼時候混出息了，都幹起綁票勒索的事了。」

「你……你……」刁老大被他一叫，驚疑不定地往前湊了湊，看清他的相貌不禁臉色大變，他年紀明明比黑子大得多，可是被黑子叫一聲「小刁」竟不敢反駁，反而氣勢頓消，軟弱地道：「黑哥，那女的不會是你的女人吧？我們是收人錢財，替人消災，說實話……」

「少放閑屁，人呢？」

「在上邊，雇我們的主顧正在盤她……」

老刁還沒說完，黑子縱身一躍，一把抄住階欄，向上飛躍而去。

「老大，他什麼人啊？」寸頭戰戰兢兢地問。

黃毛從地上爬起來，滿臉是血，獰如厲鬼：「老大，咱們三個還削不過他一個，怕他個球，咱們幹他。」

「幹你媽呀幹！」老刁罵道，「你知道他是誰嗎你？我跟著刀哥的時候，跟西城老牛幹過不知多少次仗，這小子那時虛歲才十六歲，就是老牛手下頭號打手，咱們的人讓他幹殘廢五六個，一個打八個的主兒，你幹得過嗎？要不是他當時年紀小，是少年犯，現在還他媽在獄裏蹲著呢，走！快走！」

「老大，還沒收錢呢。」

「收收收，再等就給你收屍了！」

刁老大說著，搶先下樓，寸頭向來是有危險搶著走，有好處搶著上，一見老大溜了，立馬跟在後面，還殷勤地給他照著路，黃毛一看，只好捂著鼻子跟著一齊跑了。

黑子爬到樓上的時候，楚文樓正摁著鍾情的手在使勁扯她的筒裙，好在裙子緊窄，鍾情的臀部緊壓在樓頂小房的房簷上，手上又和他較著勁，這時還沒扯下去。

只聽「嘶啦」一聲，鍾情的裙擺裂開了一條縫，不過這一來她的大腿倒是能抬起來了，鍾情抬腿頂向楚文樓的下襠，楚文樓身子下意識地一側一閃，這一膝蓋頂在他的大腿根上，頓覺一陣痠痛。

「你個臭婊子，不識抬舉。再不聽話老子就毀了你這張臉，看你今後還怎麼勾引男人。」楚文樓舉著刀滿臉猙獰。

黑子見狀，立即大吼一聲：「住手！」

這一聲吼嚇得楚文樓一哆嗦，鍾情聽見他的聲音，驚喜地叫道：「黑子！」

確認了身分，黑子獰笑一聲，拿出當年街頭打架的狠勁兒，揮圓了手中的四棱木，「嗚」地當空破出一股怪音兒，狠狠抽在楚文樓的後腿上。

「咔嚓」一下，楚文樓唯一完好的右腿又斷了，釘子深陷入肉，小半截折斷的木棱子掛在腿上，痛得他哇呀一聲怪叫，剛剛鬆開鍾情，黑子穿著皮涼鞋的大腳丫子就到了，一腳狠狠蹬在他的下巴上，楚文樓像半截破麻袋似的飛了出去。

黑子一個健步跟上，右腳照著他的胯部就要狠狠跺下去，被醒過神來的鍾情一把拉住：「黑子，不能出人命！」

黑子到現在還沒看清被他揍成死豬一般的男人是誰，他面目猙獰地道：「鍾姐，這種垃圾，死了一了百了。」

鍾情推了他一把，說道：「為了這種人渣，你去蹲大獄？把他交給員警處理！」

說到這兒，她扭過頭來，盯著已經暈過去的楚文樓，冷冷地道：「他今天想逼我拿出陷害張總的證據，就憑他這個廢物，想告狀也找不著門路，他這麼幹，背後一定有人，留著他，我要靠他挖出他背後的那頭狼！」

楚文樓的被捕，直接牽出了賈古文。雖然賈古文矢口否認與楚文樓綁架案有任何關係，自己做過的許多事也並沒有告訴楚文樓，但是要讓他為自己所用，要讓他相信自己和他站在一起，多多少少總得透露點什麼，而楚文樓知道的這一點，已經足以用來做做文章了。

這兩人各懷鬼胎，都一心想洗刷自己，免不了露出些狗咬狗的醜態。公安機關也樂見其成，只消稍添點材加點火，對這兩人案子的審理就勢如破竹。

上面與張勝達成秘密協定，正愁找不到一個堂皇的理由放他出來，這時候賈古文躍躍欲試地跑出來，正好做了替罪羊。當初有人寫匿名信栽給張勝的罪名，大多安排成了他的「誣陷」，只保留了抽逃出資這一條罪名。只是上邊沒有想到的是，當初那封匿名信的的確確就是賈古文寫的，這也算是他自作自受了。

牆倒眾人推絕對是永遠不變的風景。原來有人匿名告賈古文收受賄賂，這些檢舉信根本沒有下發，這時全都調出來交給檢察機關進行調查，結果賈古文擔任管委會主任後收受賄賂的事也曝了光。

對賈古文的處理意見很快就出來了，開除公職、開除黨籍、沒收非法所得、清理出幹部隊伍。可憐賈鄉長為了當上開發區副主任的肥差，兩年前挖門盜洞地送禮請客，好不容易混上了副主任，偏偏碰上個清廉的牛主任壓在頭頂上，害得他不敢妄動。好不容易把牛主任拱倒了，接著請客送禮，混上了主任，這本都沒撈回來呢，被一擼到底，官職身分一律抹清，多年來攢下的家底兒也報銷了。

張勝還在獄裏，但是他已經得到了明確的消息，等到匯金公司和房地產公司移交給政府進行處理之後，他便會被開釋。

鍾情和郭胖子、黑子等人陸續都來看他，每回給他帶來的都是子公司經營順利、他很快就會出獄的好消息，為了不讓他操心，鍾情曾被業戶逼得差點自斷一手、盟誓留人和被楚文樓擄走的消息，三個人都沒有對他講過。

張母在小璐的陪同下又來過幾次，昔日的情侶、今日的妹妹，彼此見面，張勝總有幾分尷尬。有句話叫「女人心，海底針」，這回張勝是真真切切地體會到了，以他的認知，一向內向靦腆的小璐見到曾經親密無間、談及婚嫁的男友，尤其要開口叫他一聲哥，應該是很難為情，很不好意思叫出口的。但小璐偏偏非常自然，大大方方，彷彿早就叫慣了似的。

是啊，一開始叫張哥，確立了戀愛關係後，親昵時就叫勝子哥，在她心裏，現在叫一聲大哥大概也沒有什麼區別吧，只是張勝每每聽到，心中都有些發酸。

第六章

報恩

文先生下意識地往外看了看，低聲說：

「我在一個地方有一點東西，希望你把它取出來交給我的家裏人。」

他說到這兒，轉身抄起紙筆把緊要的地方匆匆記了下來，遞給張勝道：

「記下來，然後把紙條毀掉，

下面那行是送去的地址，到了那裏交給一個叫周書凱的人。

門鑰匙不在我這裏，等你出獄後會有人給你送去！」

張勝接過紙條，堅定地點點頭：「文哥，你放心，我一定辦到。」

文先生笑笑，一向篤信自己識人之力的他，心中也不禁浮起一絲興奮和緊張。

「張勝，千萬不要叫我失望！」他在心底暗暗地說。

這天，張勝又和盧秘書在審訊室裏經過了一番長談，回到囚室後有些魂不守舍。

文哥呷著咖啡，看了看他的樣子，笑問道：「怎麼，是不是很快就要出獄了？」

張勝點點頭，喟然一歎：「文哥，我天天盼著出去，現在終於等來了這個消息，可是坐在這兒，偏偏沒有一點興奮的感覺。從我兩年前孤注一擲貸款買地，到創辦公司，再到入獄，現在想來，恍若一場荒誕的夢境。」

「人生如夢，夢如人生，其實大都如此。你還年輕，還有的是機會，還有大好前程和無數的美夢可做，大可不必如此消沉，出去後打算做些什麼？」

張勝怔了一會兒，搖搖頭道：「我還沒想好……」

文哥笑笑，目光閃動，輕輕說道：「出去之後，小心一個人。」

「誰？」張勝抬起頭。

「你在獄裏，曾經有人想殺你，所以你才躲到我這兒來，不是麼？」

張勝目光一閃，驚奇地道：「文哥，你知道那個人是誰？」

文哥呵呵一笑，說：「不能不小心呀，他們能對我用的法子，全都用過了，就是你向我求助的時候，我都懷疑你是被他們派進來套我話的人。所以，對你也是詳細瞭解了一番，不止是這幾年你在做些什麼，就連你七歲時上的哪所小學，我都一清二楚。」

張勝啞然，這些事即便有些能量的自由人也辦不得，一個牢裏的犯人居然可以做這些事，文哥真是創造了太多的奇蹟。

「確定你沒有問題之後，我就得查一查到底是什麼人想害你，會不會危及我的安全，於是……我就把他挖了出來。老弟，你就沒有懷疑過什麼人麼？」

張勝沉吟了一下，說：「有一個，我曾經在他的幫助下闖出了一番事業，又是他臨危脫逃，我才進了這裏，可是……即便我拖他下水，才是多大的罪？為了這個買兇殺人？我一直覺得這理由有些牽強，沒有十足的證據，我會小心他，卻不會斷定是他。」

文哥贊許地點點頭：「你說的是那個叫徐海生的人吧？不錯，你這樣的態度是對的，不可武斷地定人之罪，否則一旦判斷錯誤，你就會忽略真正的危險，而且會樹立一個不必要的敵人。不過……我可以告訴你，這一次你沒有猜錯，想殺你的人……就是他！」

張勝的身子震動了一下，憤懣地說：「果然是他，為什麼？曾經的朋友僅僅因為可能連累到他，而且算不上什麼滔天大禍，他就買兇殺人！」

文哥悠悠地道：「這世上，很多人、很多事，你不能用常理去揣測。你以為他是你的朋友，焉知他也是這麼想的？有的人因為別人多看了他一眼就殺人，有的人因為競爭對手受到共同上司的一句讚揚就去殺人，他們這麼做的時候，要過一個值得的理由嗎？」

他拍拍張勝的肩膀，說：「這個徐海生，原本只是一個廠子的副廠長，可他很早以前，就在張寶元的公司投資，還與人合作在資本市場搞運作，他的原始積累從何而來？這個人一定有問題。也許他是擔心拔出蘿蔔帶出泥，你把他供出來，一旦受到調查，會把他以前犯的事都查出來；也可能他僅僅是自視太重，把自己的安危和幸福看得比別人的命還重，寧可鋌而走險，也不願有一點損失，受一點苦……」

他說到這兒，笑了笑：「老弟，第一次，他用的人是老刀，失敗了；第二次，他們想在牢房裏把你弄成自殺的假像，虧你機警，又失敗了。」

文哥道：「你出獄後，如果有機會，他難免還會對你下手，不過也不必太過擔心。你出了獄，你的案子便了結了，對他的威脅不在。同時，你出了獄，便是自由公民，他再想殺你，就得考慮可能的風險和收益哪一樣更多，在他認為你足以成為他的強勁對手之前，以我猜測，他不會再主動對你下手。」

張勝緊握雙拳，眼中射出了仇恨的光芒。泥人還有土性兒呢，他被徐海生三番五次的迫害真的激得滿心怒火。

文哥靜靜地望著他，輕輕搖了搖頭：「你也沒有必要向他報復。做大事的人只尋找事情的源頭，不會在細枝末節上浪費時間。何況……」

張勝頹然低下了頭，輕聲道：「我明白，不管如何……謝謝你，文哥。」

文先生笑了笑，目光閃爍著，將要開口之際，似乎有點兒猶豫，但是當張勝抬起頭來時，他的神色已經完全恢復了平靜，恬淡地一笑，說：「你快要出獄了，我有件事想拜託你。」

「文哥，你儘管說，我這條命是你給的，不管多難的事，我一定替你辦到。」

文先生莞爾一笑說：「沒有那麼嚴重，我只是想托你幫我取一件東西，送給一個人。」

他說到這兒停住了，眼神望向門外，悵然出了一會兒神，才繼續說：「曾經，我也是叱吒風雲的人物，呵……都是前塵往事，不提了。」

他頓了頓，臉上換上了一副愁容：「我被異地關押已經五年了，知道我的人都以為我離奇失蹤了，或者逃到了國外，恐怕不會有人想到我在這裏。唉……五年啊，我想盡了辦法，可是都無法重獲自由，看來這一輩子都只能住在這裏終老一生了……」

「文哥……」張勝從沒主動問過他的故事，他也從來不提，所以，張勝既不知道他的身分，也不知道他犯了什麼案子，何以在看守所住了五年，不審不判，又何以當初多次趕來提審他的竟然來自最高機關。只是從他所說的異地看押，他以前的能量就小不了，從中國的最南方，押解到大北方來，他在獄裏仍能如此逍遙自在，普天下有幾個人辦得到？

「你別看我外表光鮮，那只是一些老朋友、老部下，打聽到我的所在，時常接濟我一下，我的集團公司、我的全部財產、包括在國外的存款全部被凍結了，我的老朋友和老部下能接濟我，卻不會把我的家人都養起來，唉！因我一人之過，累得他們跟著受苦，我對不住他們啊……」

文先生說得無比沉痛，不動聲色地便對張勝用上了哀兵之計。

張勝聽了，報恩之心和同情之心油然而起，立即慨然說道：「文哥，你有什麼需要我做的，儘管開口，只要我張勝在，就一定為你辦到！」

「真的，老弟，這事說來似乎沒什麼風險，可是……可是畢竟與法不容呀，你答應幫我？」

張勝愣了一下：「與法不容？我以為文哥是讓我幫著照顧你的家人，那我是無論如何都會辦到的，只要有我一口吃的，我就不會少了文哥的家人。你說與法不容……不會是你有什麼舊仇人，讓我去殺人放火吧？」

張勝苦笑道：「說實話，文哥，那種事我做不來，而且我也不是那塊料。」

文哥炯炯有神的眼睛一直盯著他的眼神和他臉上的變化，聽他一說，啞然失笑道：「當然不會，如今這世道，花上三五十萬，就能找到幾個真正的亡命之徒去幫你做事，我若真要殺人，便是你倒搭錢，我也不會找你。」

張勝問道：「那麼……文哥讓我做什麼事？」

文先生下意識地往外看了看，低聲說：「我在一個地方有一點東西，希望你把它取出來交給我的家裏人。」

張勝一聽是這種事情，立即毫不猶豫地道：「文哥放心，我一定辦到。」

文先生點點頭，壓低嗓音說：「我剛被捕時，我的家人也都在嚴密監控之下，他們的一舉一動，都受到了監管。不過現在已經過去了五年，沒有人還有那個耐心盯著他們了，所以，你此行應該是很安全的。」

他盯著張勝，說道：「你出去後去溫州一趟，地址是溫州學院東路金利花園二幢三單元四四五號，進入公寓後，把臥室的床推開，床頭位置有一個嵌在牆壁裏的小型保險櫃。保險櫃的密碼是二十三、四十一、三十九，按右一左二右三的順序打開。」

他說到這兒，轉身抄起紙筆把緊要的地方匆匆記了下來，遞給張勝道：「記下來，然後把紙條毀掉，下面那行是送去的地址，到了那裏交給一個叫周書凱的人。門鑰匙不在我這裏，等你出獄後會有人給你送去！」

張勝接過紙條，堅定地點點頭：「文哥，你放心，我一定辦到。」

文先生笑笑，一向篤信自己識人之力的他，此時心中也不禁浮起一絲興奮和緊張。

「張勝，千萬不要叫我失望！」他在心底暗暗地說。

炎熱的夏季已經過去，天空的顏色變成了深藍，迎面而來的風帶上了颯颯涼意，已經進入收穫的季節了。

長江路上，柳大哥騎著車出門辦完事，正準備返回動物救助中心。這時，路邊垃圾桶旁一個小小的身影吸引了他的注意，那是一隻一個月大的黑白相間的小花貓。小花貓趴在地上，身子縮成一團，嘴裏「喵喵」地叫著，憑柳沙的經驗，就知道這是一隻被人遺棄的受傷的小貓。

果然，當柳大哥向小貓靠近時，小貓費力地爬了起來，向前奔出不遠，便又倒在地上，牠實在太瘦弱了，而且一隻後腿明顯有傷。

柳大哥憐惜地抱起這隻小貓，放到了自己的自行車車筐裏，準備把牠帶回動物救助中心去。自行車行到火車道橋上，橋下的火車呼嘯而過，發出隆隆的聲響，噴出的蒸汽籠罩在橋面上，像下了霧一般。那隻剛剛被他撿回來的小花貓顯然受了驚，從車筐裏一躍而出，倉惶逃竄。

「喂！」柳大哥趕緊剎住車，停好車向牠追去。橋上的汽車速度都很快，那隻瘸了一條腿的小貓在車流間東躲西藏，看來驚險萬分。柳大哥一邊躲著車子，一邊向牠靠近，趁其不備，終於把牠抓在手中。

「小傢伙，病成這樣了還逃，我要把你帶去一個好地方，再也不用流浪街頭了，懂嗎？」

柳大哥一面和小貓親熱地說著話，一邊往路邊走。

「嗚！」一輛從大卡車後面超出來的寶馬車跨越雙實線，突然出現在反道上，一見前面有人，寶馬車緊急鳴笛煞車，但是由於車速太快，已經來不及了。柳大哥一聲驚叫，被車子撞飛起來，在空中破秸杆兒似的翻騰了兩周半，「撲」地一聲落在地上，鮮血，瞬間染紅了地面……

「愛唯一」花店後面，僻靜的胡同裏，掛著「給我一個家」牌匾的動物救助中心裏，三歲的小柳雨抱著亡父的相片號啕大哭：「爸爸，爸爸……」

她還不是很明白發生了什麼事，但是卻知道她相依為命的爸爸永遠也不會回來了。

小璐蹲在她旁邊，眼睛紅紅的。

小璐流著眼淚說：「這孩子太可憐了，她無親無故的，以後可怎麼辦呢？」

旁邊一個救助中心的工人戚然說道：「先料理老柳的後事吧，這孩子太小，才三歲，現在父母雙亡，只能送孤兒院了。」

「別……別送那地方，」小璐一聽，紅著眼睛反對，「她還這麼小，就送去那種地方，實在太可憐了。」

「唉，不然怎麼辦呢？」另一個工人愁容滿面地道。

「在那種地方長大的孩子，心裏會留下陰影的。那感覺就像被整個世界拋棄了，無邊的孤獨、無法言說的寂寞……」

小璐幽幽地說著，眼前閃過自己童年的影子，她彷彿又回到了孤兒院，在那個風雨的夜裏，她光著小腳丫，抓著孤兒院的鐵門，向著門外一聲聲地喚著：「爸爸、媽媽，你們在哪兒呀，你們來看看我呀，寶寶現在很乖，很聽話，一點也不淘氣啦！爸爸、媽媽，求你們回來看看我呀……」

淚水沿著小璐蒼白的臉滑下來。

「那也是沒有辦法的事呀，除非有好心人肯收養這孩子。」

「我照顧她！我來做她的媽媽，小雨，小璐阿姨照顧你，好不好？」小璐顫聲向柳雨說道。

柳雨哇哇大哭著撲進了她的懷抱，兩個人一時泣不成聲。

「小璐，你別傻了，你還年輕，照料孩子是那麼容易的嗎？再說，我聽說沒結婚的是不准收養小孩的。」一個老成穩重的救護中心職工勸著她，這時有人喊道：「伊老太太來了。」

慈眉善目的伊老太太噙著淚水匆匆在司機的陪同下走了進來。小璐抱起小雨，含淚看著她……

「小璐，你考慮清楚，這會影響你的生活，一個沒結婚的女人，帶著個小孩子……」在聽說了小璐的打算之後，伊老太太也加入了勸解的行列。

「不，伊太太，你不懂我的心情。」小璐感傷地看著小雨，小雨敏銳地感覺出了她們的談話似乎正在決定她的命運，所以死死攬著小璐的脖子，用驚恐的眼睛看著大家。

小璐心中一痛，從小雨身上，她彷彿看到了自己的童年。那個無助的、悲傷的小女孩。她的遺憾和悲傷，她不希望在這個與她如此酷肖的女孩身上重演……

她抬起頭，堅定地說：「伊太太，你相信我吧，不管多苦多累，我都能把她帶好。小雨在這世上已經沒有了親人，我就是她的親人，我要讓她像正常家庭中的孩子一樣健康快樂地長大！」

「你……唉！小璐啊，你這是何苦來？」

「伊太太，你是個心懷慈悲的人，你應該能理解我的這個心願。」小璐含淚說。

「那……好吧，關於收養的問題，我來給你想辦法。阿彌陀佛……」

「張勝，出獄了！」板王一身警服，站在陽光下喝道。

張勝沒想到等了那麼久的消息終於來了，他霍地站了起來，血一下湧到頭上，喉頭發堵，嗓子發乾，看著門外板王頭頂的帽徽，覺得頭暈目眩。

自從與盧秘書達成秘密協定之後，他就日盼夜盼，每天都等著自由的消息。原以為這一天會很快到來，這讓他每一天都度日如年，這樣的日子又過了足足三個月，終於等來了這個消息，一時他有種恍若夢境的感覺。

板王微微一笑，說：「收拾東西，從今天起，你自由了，恭喜。」

「謝謝管教。」張勝這才似夢中醒來，他道了謝，轉身看向文先生，文先生吸著雪茄正在看報，這時也抬頭微笑著看他：「恭喜，快收拾東西吧。」

東西很簡單，張勝的手腳雖因興奮而有些遲鈍，仍然很快地整理完畢了，一個大包袱捆好背在肩上，又拿起了地上的坐墊，他再次扭頭看向文先生。

「上次拜託你的事，不要忘記了。」

「放心吧，文哥。」

「嗯！」文先生放下報，站起來走到他面前，仔細端詳了他一番，在他肩頭重重一拍，沉靜地說：「不必在意一時的挫折，真正的勇士，愈挫愈勇，只要你有信心，將來……必、成、大、器！」

「謝謝文哥，無論是你的幫助，還是你的教誨！」

文先生微笑了一下，說道：「我告訴你的，只是我為人處世的經驗以及經商之道，希望能夠對你有所幫助。你現在要走了，我還有最後一句話要教你。」

「文哥，你說，我一定銘記在心。」

「四象之學，是一個人內在的修為。外在形勢適合你的存在時，你就能異軍突起。但是常常有人，當他真正站到權力巔峰上時，卻忘記了他只是順勢而為，自以為神通廣大，人可勝天，這時，他已狂妄無比，覆滅之期便也不遠了。你記住，做任何事，都要順勢而為，縱有天大神通，亦不可逆天行事，逆天者必撲街！」

「是，我記住了！」

文先生淡淡一笑：「現在記住並不稀奇，要一直記得，尤其是你春風得意的時候還記得，那才可以。否則，你就會重蹈我的覆轍！」

「是！」

走出看守所的時候，張勝站在門口，瞇著眼看著外面的天，半天沒有動彈。天還是那片天，雲還是那朵雲，風也還是那陣風，可是一切感覺是那樣不同。從現在起，他自由了！

張勝深深吸了口氣，忍住了欲溢的眼淚……

張勝領了東西，沒有直接回家，也沒有通知家人朋友，先逕自去了他在玫瑰路的房子，打開房門，前塵往事恍若隔世之夢，一一閃現在腦海之中。這個房子先後住過的兩任女主人，和他之間的愛怨糾葛，讓他的心無比酸楚。

摩挲著房中每一件東西，想著與它們有關的每一個故事，張勝最後坐在陽台上，吸著煙，靜靜地沉思了好久好久，沒有人知道他在想些什麼，他就那麼一直坐著，直到夕陽西下。

屋裏的一切都保持著他那天下樓散步時的原樣，一盒打開的煙放在煙灰缸旁，西裝上衣斜斜搭在沙發靠背上，茶几上放著半瓶紅酒。

張勝拎過西裝上衣，摸出了他的手機，找到電源充上電，然後又茫然坐了一會兒，想著回家時如何對仍不知情的父親的說辭。

他吸著煙，啜著酒，把玩著手機，打開，隨意地翻著，手機上有幾條資訊，翻閱了一下，有生意夥伴的，直接略過，接著發現手機妹妹的資訊，很簡短，只有一句話：「怎麼啦？不接電話呢，正在花天酒地乎？」

張勝笑笑，回撥了一個電話，卻沒有應答。

「這麼久，也許她早忘了這個號碼，忘了我這個人。」張勝自嘲地一笑：「我被生活拋棄了這麼久，自然也會被生命中的許多過客所拋棄。」

接著翻下去，是一家銀行給他發送來的資訊，說他的企業法人金卡透支上限提高到十萬元的申請已經通過了，請他近期到銀行辦理手續，看看日期，是他被帶走後第二天下午發來的。

張勝歎了口氣，輕輕摩挲著手機陷入了回憶。

當初辦這張金卡，還是因為徐海生呢。那時候，看他手持一張金卡出入消費場合的派頭，著實讓張勝羨慕不已。能夠透支並不重要，他們消費時並不差這點錢，重要的是這張金卡代表的身分，銀行允許你透支、大數額地透支，那便是對你的信用和能力的肯定。

於是，他也辦了一張，五萬元的透支額還嫌不夠，又托關係要提高透支額，儘管他從來不需要透支。

虛榮麼，還是為了攀比？張勝自嘲地笑笑。

他從回憶中醒來，定了定神，按照服務電話撥了回去。

「喂，您好，這裏是銀行服務中心，請問您需要什麼服務？」

「你好，」張勝疲倦地回答，「我收到貴行簡訊通知，說我的金卡透支上限提高了。」

「哦，先生，有什麼問題嗎？」

「沒有問題，不需要提高了，我要銷卡。」

「先生，是我行的服務不能令您滿意嗎？如果您有什麼不滿意的問題，可以向我們投訴。」

「沒有，我只是想銷卡。」

「這樣啊……先生，貸記卡可不是什麼人都可以申辦的，如果不是必要，我建議您保留。」

「我要銷卡！」

「好吧，請問您銷卡的理由是什麼呢？」

「因為……以前很傻很天真……」

張勝掛了電話後，坐在那兒又愣了一陣兒，然後再次拿起手機，想也不想地便撥通了一個即便幾個月不用，也一直牢記在他心裏的號碼。

手機響了三聲，就被接通了，電話那邊傳出一個驚喜得發顫的聲音：「你……你……你是誰？你用誰的電話？」

「鍾情，是我！」

「噹！」「嘩啦！」手機裏邊一陣亂響，也不知她碰倒了什麼東西，鍾情一迭聲地問，聲音急迫：「張勝！你在哪兒，快告訴我，我去接你，我馬上就去。怎麼看守所都沒通知的……」

「不用了，」張勝心中湧起一陣暖流，他壓了壓感情，用平靜的聲調說：「我剛出來，心裏有點亂。自己一個人坐了一下午，想了好多事……」

「張勝……」頭一次，鍾情沒有叫他張總，而是真情流露地喚了他的名字。

張勝心懷激蕩，並沒有察覺什麼異樣，他強抑著激動，說：「一會兒，我想換件衣服，去洗個澡沖沖晦氣，然後回家。明天我再去看你們，對了，你先告訴胖子和小黑，就說……我……回來了！」

「我明白，你好好休息，明天……我們給你接風洗塵。」

鍾情頗識大體，她壓抑著想第一眼看到他的渴望，對張勝歡喜地說。

「嗯，那明天見，有什麼話咱們見面再說。」

「好，見面再說。」

放下電話，鍾情定了定神，突然反應過來：「他先打給我，他還沒有回家，也沒通知別人，包括胖子，他先打給了我……」

想到這兒，鍾情心花怒放，一種巨大的滿足感和歡喜充滿了她的胸腔。

張勝掛了電話便開始換衣服，當初被員警帶走時他正在樓下散步，沒穿上衣，他的褲子和皮鞋穿到看守所。

據說只要沾了那裏氣息的東西都不吉利，好在大衣櫃裏還有幾套全新的服裝，張勝脫得赤條條的，全部換了新衣，打扮停當，繫上領帶，對鏡一照，除了頭上光光，仍是一表人才，只是臉頰有些黑瘦，目光多了幾分沉穩、凝重。

張勝剛剛換好衣服，就聽房門「噹噹噹」地被人敲了幾下，他心中有些奇怪：剛剛趕回這兒，沒理由有人來這裏找他。

他從盥洗室裏走出來，拉開房門一看，門口並沒有人，他正覺詫異，忽地發現門把手上掛著一個紙袋。張勝把紙袋拿下來看了看，裏邊是一封信，他便退了回來。

回到沙發上坐下，他翻來覆去看了看，信上什麼標記都沒有，輕輕捏了捏信封，他打開信口向外一倒，一把鑰匙落進了掌心。

「是文哥！」張勝心念一閃，攥緊了那枚鑰匙。

他又往信封裏看看，裏邊還有一張紙條，拿出來一看，上邊寫道：「我打聽到一個人的下落，也許你有興趣去看看他，祝你開心，就算是我送給你的出獄禮物吧，文哥。」

下邊是三四行小字，張勝看完，嘴角一勾，臉上露出一抹帶著點兒邪氣的笑容。

華清池。此華清池非歷史上「春寒賜浴華清池，溫泉水滑洗凝脂」的那處溫泉，不過在本市它也算是相當有名氣的大浴場了。

張勝走到浴池門口抬頭看了看，然後抬腿走了進去。

一樓洗浴間，穿過更衣室，是一大兩小三個浴池，左面貼牆一溜兒淋浴，右面是藥浴、桑拿浴等幾個房間，一進門是一溜七八張搓澡床子，最外邊靠近廁所的床上，坐著四五個穿著大褲衩子的光脊樑男人，他們是搓澡、修腳或者敲背的師傅。

這個場子是有色情服務的，更衣間裏邊還有一個邊門，進去是猶如辦公間似的一格一格的毛玻璃房子，專門有陪浴搓澡。樓上還有各種娛樂活動，這種地方浴費就是二十二元，正兒八經洗澡的人當然不會來這兒，來這兒的人當然大多不會找男人搓澡，所以儘管牆上好大一行字寫著「搓澡五元」，床子上只有一個人在搓澡。

不過浴場裏又不能沒有這種服務，老闆又不想養閒人，所以這些人還兼龜公的差使，找機會就向人推銷些新式服務，看到像是初涉歡場的男人，便上前蠱惑一番。

現在剛剛六點多，浴室裏人很多，他們一個個雖坐在那兒聊天，一雙賊眼卻滴溜溜亂轉，東張西望地尋找著需要有人引路的客人。

一個中年發福的搓澡工正坐在那兒跟人閒扯，肩膀突然被人拍了一下：「搓澡！」

搓澡工扭頭一看，那人已經當先走開，到了一張床上翻身躺下，把毛巾往臉上一搭，雙手枕到了腦後。那個搓澡工忙提起他的傢伙一擰一擰地跟了過去，動作要多難看有多難看，原來是個雙腿都有毛病的殘疾人。

「老闆是頭一回來吧？」殘疾搓澡工殷勤地給那位客人搓著澡，一邊問道。

「嗯！」

「呵呵，您這身子骨兒真結實，到這兒來的人，大多可沒這好身材。」

「嗯！」

這位客人看來不大喜歡說話，不過那搓澡工不以為意，搓到胳膊時，一手扶著他的手腕，一手卷著毛巾賣力地搓著，小聲問道：「老闆，一會兒要不要找個小妹放鬆一下？」

「哦？還有這服務麼？」

搓澡工一聽有門兒，連忙笑道：「那是呀，老闆，我們場子裏的小妹既年輕又漂亮，服務熱情。您還儘管放心地玩，我們這兒絕對安全，公安局左一次掃右一次打，我們這兒從來就沒響過。」

那客人「噗哧」一聲笑了：「我說……老楚啊，你怎麼越混越回去了，這龜公當的，比當副總經理的時候可敬業啊！」

「啊？」搓澡的楚文樓一下子僵在那兒。

躺在床上的客人慢悠悠地拿下了蒙在臉上的毛巾，臉上似笑非笑的，赫然是他一心想往死裏整的張勝。

楚文樓頓時臉如雞血，恨不得找條地縫鑽進去。

張勝慢悠悠地翻了個身，往床上一趴，懶洋洋地說：「後邊。」

楚文樓臉上陰晴不定，雙腳似動非動，似乎想拔腿便走，卻又邁不開步子。

「這算什麼態度啊，老楚，剛剛你不是還說服務熱情嗎？咱們熟歸熟，你要是服務不好，我可投訴你！」

楚文樓身子都在哆嗦，他真想把毛巾狠狠抽在張勝的笑臉上，然後一腳把床子踹翻了，但是……但是……他沒有那個勇氣，他的鋒芒和勇氣早就被歲月磨蝕得精光，社會地位一降再降，他就像是被抽去了骨頭的蟲子，軟趴趴的只能蠕動著活。

存款被老婆帶走，房子賣了用來收買那幾個不講義氣的小流氓了，來不及付的八萬元用來上下打點，這才免去重新改造靈魂的機會，辦了個保外就醫。

他是大腿骨裂，本不算太嚴重，只是傷上加傷，這就比較麻煩了。先看了西醫，一個多月後勉強能下地，又找了個有名的老中醫，用家傳的骨傷膏藥敷了一個多月，現在除了兩條腿不一般齊，走路擰腰擺胯的影響形象外，倒沒有其他大問題，不過家底兒也折騰光了。

錢重如山，氣節和道德，早在二十年前就丟掉了，現在丟掉點自尊和人格又算得了什麼？

楚文樓咬了咬牙，狠狠地給他搓起了後背。

「呵呵，不錯，很趕勁兒，唉！在裏邊蹲了半年，還沒好好洗過澡呢，賣點力氣哈，小費你不用擔心。」

這個澡搓的真賣力氣，張勝的後背搓得快成了煮紅的蝦子。楚文樓搓得滿頭大汗，張勝坐起來，吃吃笑道：「到底是熟人，這五塊錢花得——值！」

他笑臉忽地一收，把腿往前一伸，冷冷道：「修修腳！」

「我……我手法還不行……」楚文樓咬著牙說。

旁邊剛給另一個客人搓完澡的搓澡工忙湊過來說：「老闆，我來吧。」

「不必！」張勝看都沒看那人一眼，一直盯著楚文樓，兩個人僵持了半晌，楚文樓屈服了，緩緩彎下腰去。

「唉！」張勝垂著腿，看著坐個小板凳上把腳丫子托在懷裏認真修理著的楚文樓：「能屈能伸，不錯，能屈能伸啊！」

他拍了下大腿，從浴床邊上拿起煙和打火機，點上一根，悠悠地說：「老楚啊，你沒進去過吧？那裏邊熬人啊，不過也是真鍛煉人啊，要是以前，就我那性子，靦腆得跟大姑娘似的，你求我這樣我也不好意思啊，這都是拜你之賜啊，老楚。」

楚文樓的手哆嗦了一下，眼睛再也不敢抬起來。

「不過……說起來我該感謝你呀，我發現，激勵人、讓人成熟進步的，不是順境和優裕，不是朋友和親人，恰恰是那些打擊、挫折，甚至是死神的威脅。一帆風順，沒有厄運，甚至連憤怒和煩惱都沒有的人，哪有一個能成大器？你說是不是？」

「……」

修完了腳，張勝下地，到淋浴頭底下嘩嘩地沖洗起來，然後從仍呆呆站在那兒的楚文樓旁邊走過去，逕自出了浴室。

一會兒工夫，張勝西裝革履，風度翩翩地出現在浴室門前，神清氣爽地跟他打招呼，大聲地說：「老楚，我走啦！」

楚文樓不願讓那些同行猜測出什麼，他掩飾地笑了一聲，像跟老熟人打招呼似的說：「好，好好，您慢走。」

「嗯，小費我簽了三十，對你夠大方吧？老楚啊，好好幹，捏腳能有什麼出息啊？吃得苦中苦，方成人上人，希望下回來，你已經不幹這麼低賤的活兒，上三樓當個領班吧，哈哈哈哈……」張勝說完，大笑而去。

第七章

一抹說不清的味道

「黑子，說什麼醉話呢，喝酒。」鍾情趕忙又舉起了杯。

黑子把脖子一梗，說：

「我哪說醉話了，郭哥，我說的是真的不？張哥，那一刀，真狠吶，虧我一把抓……抓住了刀背，沒砍斷，那也玄乎，你看鍾姐那手，直……直顫，她不是喝多啦，她是傷了筋脈，還沒好利索，到現在都提不了重東西。」

張勝的身子猛地一震，霍然抬頭看了鍾情一眼，眼神極其複雜，感激、衝動，還有一抹說不清的味道。

郭胖子放下電話，便嘿嘿傻笑起來，兒子驚奇地看著他，問道：「爸爸，什麼事這麼高興？」

「去去去，寫你的作業去。」

郭胖子輕輕一拍兒子的後腦勺，哼著麥潔文的《萊茵河之戀》，便飄向了廚房。

「什麼事這麼開心？」趙金豆繫著圍裙，剛把一條鯉魚放進鍋裏，正在過油。

郭胖子飄過來，從旁邊盤裏抄起一隻油燜大蝦塞進了嘴裏，笑嘻嘻地道：「你猜猜。」

「瞧你美得那德性，有哪家的大姑娘看上你啦？」

郭胖子嘿嘿地笑，兩眼瞇成了一道縫：「我倒想領回來一位呢，你也得答應啊。」

「你！」趙金豆用飯鏟一敲鍋沿，杏眼圓睜，便要發難，郭胖子一見趕緊岔開話題：「我告訴你，勝子出獄啦！」

趙金豆也是又驚又喜，忙說：「真的，哎呀，那可太好了。把他請到家裏來，我做頓好的，給他接風洗塵。」

郭胖子翻了個白眼，說：「人家今天剛出獄，不得跟家人團聚呀？甭著急了，有的是機會，明天我和鍾經理、小黑，先擺一桌請他。」

「好，好，唉！真是天可憐見，勝子在裏邊可是受老罪了，這下可好了。」趙金豆也開心起來，她輕快地翻著肥肥的三斤重的大鯉魚，過了片刻突然想到了什麼，飯鏟慢慢變得滯重起來。

吃飯的時候，郭胖子眉飛色舞，不斷說著張勝出來的消息、公司經營的情況，趙金豆卻笑容勉強，有點心神不寧，等到吃完飯收拾了杯盤，把兒子打發進屋復習功課之後，趙金豆在客廳裏轉悠了半天，盯著老公數次欲言又止。

郭胖子忽然發現了她的異狀，問道：「怎麼了，有什麼心事嗎？」

趙金豆抿了抿嘴，小心翼翼地想著措辭：「老公，現在……你是冷庫公司的老總吧？」

「你這不廢話嗎？我不是老總還你是老總啊？哈！也沒錯，我管公司，你管我，一樣，哈哈……」

趙金豆白了他一眼，心事重重地說：「老公啊，我的意思是說……勝子出來了，那……那公司怎麼辦？」

「嗯？」

趙金豆道：「你不是說總公司和房地產那塊被收歸國有了麼，那勝子現在就剩下你、鍾情和小黑這三塊了吧？你說……他回來了，會不會把公司要回去呀？」

郭胖子一呆，心裏突然一陣煩躁，一張胖臉頓時沉了下來：「你說你們女人一天盡合計些啥，你洗碗去，少跟我這兒鬧心！」

「我這不是替你打算嗎？」

「你打算來打算去的有什麼用，嗯？你說說你合計這些玩意兒有什麼用？這公司本來就是人家打下來的江山，他要是想拿回去，我能拉下臉來不給？那還叫個人嗎？」

趙金豆一下子站了起來：「原來是他的不假，可你鞍前馬後的少給他賣命啦？當初要不是把公司送乾股交到你手上，現在還不是一樣給沒收啦？你說說你，勝子剛給抓起來那陣兒，冷庫廠成什麼樣了？員工不幹活，客戶要遷走，你天天揣兩饅頭就在廠子裏忙活……」

趙金豆說到這兒哽咽起來，眼淚撲簌簌地往下掉：「那一陣兒，你心臟病發作幾回了，我天天擔心得覺都睡不著，半夜裏常常爬起來探你的呼吸，我怕你睡死過去，你知道嗎？」

郭胖子心顫了顫，不再說話了。

趙金豆抽抽噎噎地又說：「那陣兒我就說，咱不要這公司，只要你好好活著就好，可你拚死拚活地幹，說勝子信得過你，把公司交給你了，給了你百分之五十一的乾股，你就是活活累死，也不能辜負了人家。」

「現在可好，他要是心一狠，把公司全抓回去，你就乖乖雙手奉上？你不為自己想，也得為我們娘兒倆想想呀，那苦日子，你還沒過夠嗎？嗚嗚嗚……」

「人……人……」郭胖子吹鬍子瞪眼，在客廳裏直轉圈兒：「人得講良心不是？要不是勝子把我整來，咱有這三室一廳的大房子住嗎？咱們有現在這生活條件嗎？我那公司就是人家說的一句話，等於白送給咱的，我沒付出過啥呀？」

趙金豆抹抹眼淚：「可要不是你，他連那百分之四十九的股份也保不住啊，還不是都便宜了別人？公司分立下來以後，眼看著都黃了，不是你做牛做馬地拚，能有今天嗎？這些現在都不算了，你還是繼續給人家打工？今天他當你是兄弟，哪天要是不認你這兄弟了，想踹你還不是一句話？」

郭胖子跳腳道：「那你說怎麼辦？他要是開了口，我就覥著臉不給？再說了，你也把我兄弟想得太那啥了，勝子當初說得明明白白，劈給我百分之五十一的股份，他只留百分之四十九，他親口說的，勝子是個實誠人，你怎麼就把人想成那樣？」

「你跟我凶什麼呀，我也不是說他一定食言啊，這不是問你，萬一他要是想要回公司當董事長，你怎麼辦？」

「那不是一樣，你說你……回屋寫作業去！」郭胖子說到一半，見胖兒子站門口兒眨巴眼，便大喝一聲。

小胖很少見老爸跟他發火，頓時嚇了一跳，轉身便跑回了屋。

趙金豆聲音一提，委屈地道：「我還不是為了你好？我是你老婆，我不替你打算替誰打算？親兄弟還明算賬呢，你……你自己看著辦！」

說完，她氣沖沖地進了屋，門砰地一下關上了。

郭胖子站了一會兒，重重地噴了口粗氣，一屁股坐在沙發上，擰著眉毛拿起了香煙……

張勝回到了家，他路上又買了些東西。錢包、口袋裏都有錢，當初哨子三人給他存的代金券沒用完，餘款也都兌成了現金，買點東西還是不成問題的。

雖說東西沒有什麼南方特色，不過他說去南方談生意的事還是誆過了父親和弟弟、弟媳。臉又黑又瘦，正好解釋成南方天熱，剃了光頭，也用天氣熱遮掩了過去。

抱著粉粉嫩嫩的小侄女，張勝樂得合不攏嘴，見到兒子回來，開心得說不出話的老媽見此情景，又不失時機地嘮叨起他的終身大事來，張勝只好裝聾作啞，故作未聞。

雖說天色已晚，張母還是迫不及待地打電話給小璐，告訴她這個好消息，可惜電話一直無人接聽。

「這孩子，去哪兒了，她不是住店裏嗎？唉，說起來最近來得可是少了，這半個月就只來了一次，小璐……」

「咳！」張父重重地咳了一聲，張母會意，沒在全家開開心心的時候再提這件事。

吃完了飯，張父坐在陽台上抽著煙，這麼久沒有見到父親了，望著父親蒼老的背影，一種悲涼之情油然而生，張勝輕輕走過去，低聲喚了一句：「爸！」

「勝子，坐，抽根煙。」

「嗯！」張勝扯過一張凳子，在父親旁邊坐下來，父子倆默默地吸著煙。

過了一陣兒，張父撚熄了煙頭，說：「事情都解決了？」

「嗯？嗯！」

「那就好，吃一塹長一智，未嘗不是好事，在裏邊沒受大罪吧？」

「爸……」張勝吃驚地看著他。

「傻孩子，你啥時候大半年的不回家，一個電話不打、一封信不寫了？知子莫若父，你當我真是老糊塗了？再說，你媽又有說夢話的毛病。」

「爸……」淚水在張勝眼眶裏打轉。

「你們是一番好心，你們怕我擔心，我還怕你們擔心我呢，唉！難得糊塗吧。現在沒事了就好，以後做事踏踏實實的，不要逾了規矩。錢賺得多一點少一點都沒什麼，重要的是一家人團團圓圓、平平安安。」

「嗯！」

張父搖搖頭：「你這孩子，長大了……有自己的主意了，我的話你也未必會聽，你有自己的路，自己小心吧。對了，你和小璐到底是怎麼回事，年輕人的事，我一直不摻合，可你媽放不下……」

「爸，我知道小璐是個好女孩，可我們已經分手了。再說……她已經有了男朋友了，我……」說到這兒，張勝心裏一陣黯然。

「唉……」張父搖搖頭：「你們年輕人的事，自己解決吧，小璐……現在是我的乾女兒，你不在的這段日子裏，家裏多虧有她照顧，就算你們無緣成就夫妻，怎麼也是相識一場，明天，你去看看她吧，男人的胸懷要寬一點，拿得起、放得下。」

「嗯……」

張父拍拍兒子的肩膀，轉身走開了。

「給我一個家」動物救助中心裏的一間臥室內，小璐和剛剛洗了澡，渾身散發著沐浴乳香的小雨並肩趴在床上，正在給她講《綠野仙蹤》的故事。

「媽媽，後來呢？」小雨甜甜地問。

小女孩親媽死得早，現在還不到四歲，柳大哥在世時是個比較粗心的男人，對女兒的照料反不及小璐細緻入微，加之小璐與她本就很熟稔，在乍然失去親人後，小雨很自然地在小璐身上尋求依賴，所以很容易便接受了小璐這個新媽媽的身分，不過小孩子還是有些羞澀，在臥室裏叫聲「媽媽」很坦然，一旦出了房門就羞於出口。

小璐對小雨非常好，除了她天性善良，還因為很大程度上她把小雨當成了童年的自己，她要把自己失去的母愛和家庭的溫暖全部補償在小雨的身上。

「後來呀，後來她回到了叔叔嬸嬸身邊，和他們快樂地生活在一起了呀。」小璐笑著回答。

小雨撲閃著一對大眼睛，稚聲稚氣地問：「可是……她的王子呢，沒有來找她嗎？」

小璐奇怪地側著頭，問道：「王子？什麼王子呀？」

小雨一副理所當然的模樣，說：「故事裏的女孩最後都會有一個騎著白馬的王子來把她接走，然後幸福地生活在一起呀。」

小璐呵呵地笑起來：「因為桃樂絲還沒有長大呀，她還是個小女孩，那個白馬王子要等她長大後才會來接她呢。」

小雨恍然大悟，她趴在床上，歪著腦袋想了想，又問：「媽媽，為什麼王子都騎白馬呢？」

小璐笑道：「也不全是呀，唐僧也騎白馬呀。」

「哦，我知道，唐僧騎的是白龍馬。」

小雨說完，歪個小腦袋瓜，一隻小手撐著粉嫩的小臉蛋，皺著小眉頭說：「可唐僧是光頭，不能娶老婆呀。」

小璐愣了愣，忍不住笑著在她鼻頭上刮了一下：「小靈精，什麼都明白，放心啦，我的小雨長大了，騎著白馬來接你的，一定不會是光頭騎白馬的大和尚。呵呵，好啦，故事講完了，快點睡吧，媽媽關燈嘍。」

燈一關掉，小雨格格笑著鑽進了她的被窩，然後又探出頭來，問道：「媽媽，你是大人了，你的白馬王子什麼時候會來接你呢？」

小璐出了會兒神，幽幽地說：「媽媽有了小雨，不會有白馬王子來接我了。」

「為什麼呢，是因為白馬馱不動兩個女的嗎？」

小璐悵然一歎：「是呀，一個大千金（斤）、一個小千金（斤），除非是白龍馬，否則哪馱得動啊。」

「人家不要白龍馬，唐僧的光頭好難看呀。」

「哈哈哈哈……」雖在傷感之中，小璐還是被她逗得笑了起來。

早上六點，張勝準時睜開眼睛，耳邊似乎仍在迴響著急促的電鈴聲，片刻之後才記起已經重獲自由，回到家裏。他吁了口氣，翻個身，再度沉沉睡去。

九點多，張勝才起來，然後便接到鍾情、郭胖子、黑子等人先後打來的電話，電話裏和他親熱地聊了一陣兒，鍾情和郭胖子先後說要親自開車或派車來接他，都被張勝拒絕了。

收拾停當，下了樓來到社區外，張勝搭了輛車。

坐進車裏，對司機說：「去橋西開發區，翠屏路。」

車子剛剛啟動，他突然又說：「去和平廣場，紫羅蘭路。」

車子走了一陣兒，他歎口氣說：「還是去橋西吧。」

「大哥，這兩地方可是一東一西，你到底去哪兒呀？」

「哦……紫羅蘭路吧，把車停在巴蜀火鍋店旁邊就行。」

「巴蜀火鍋……哦，你說的是蜀香飯店吧，都改名好幾個月了。」

張勝搓搓臉，有點兒心不在焉地說：「嗯，應該是那兒吧，翠屏路跟和平廣場交叉路口。」

「呵，那就錯不了了。」

小璐的花店和當初沒有什麼兩樣，張勝在蜀香飯店下了車，在花店門口一側站了一會兒，這才丟掉手中的煙蒂，抬腿走過去。

鄭璐一早去花市進貨了，不在店裏，小璐打開了後門打掃營業室，這小房子沒有窗戶，雖然已到秋天，裏邊還是悶得很，打開後門，過堂風一吹，那便涼爽多了。

「媽媽，媽媽，花花生的小崽崽有一隻睜眼看我呢！」

小雨「咭咭」笑著從後院跑了過來。她知道大鄭阿姨不在，花店裏只有小璐一個人，「媽媽」叫得既響亮又大聲。

小璐放下掃帚，張開雙臂把她抱了起來，嗔道：「壞孩子，又跑去逗小狗了，小心牠生氣了咬你手指頭。昨天教你的四個拼音字母會寫會念了嗎？」

小雨趴在她肩頭，有些畏怯地看著她身後，低低地嗯了一聲。

「真的？」小璐見她聲音小了，以為她光顧著淘氣，根本沒背拼音，便輕哼一聲，拍她的小屁股，說：「好，咱們去把寫字本拿來，媽媽考考你到底會不會。」

她抱著小雨走進後院的時候，小雨小聲地說：「媽媽，媽媽，剛才有個人在門口站著，樣子好凶啊。」

小璐以為有客人登門，連忙轉了回來，看看店裏卻不見有人，便問道：「小雨，是什麼人啊？」

「沒頭髮的叔叔，是個大光頭，好亮哦，跟電燈泡兒似的。」

「呵呵……」

小璐笑起來，她沒有多想，輕輕在小雨屁股上拍了一下，說：「不許沒禮貌，以後要是看見有人禿頂、有人走路不方便什麼的，可千萬不要當著人家說出來，知道嗎？那樣不懂禮貌的小孩子可不招人喜歡。走，咱們趕快去把練習本拿過來，你就坐在櫃檯後面，一面學習一面陪著媽媽，好不好？」

「嗯！」小雨忙不迭地點頭。

張勝乘著計程車向橋西開發區駛去，心裏本來還存著的一絲僥倖破滅了。

那個叫小璐「媽媽」的女孩他有印象，他在花店外佇候的幾個月裏，曾多次看到這個小女孩黏著小璐，也看到過這個小女孩的父親。原來小璐說的對象就是他，已經叫媽媽了，他們兩個人的關係應該……

車頭黏著一對小玩偶，一男一女，隨著車子的輕微顛簸，兩個玩偶的嘴一觸一分。張勝望著那玩偶，輕輕吁了口氣：「不重要了，出獄已如再世為人，該走的終究還是走了。小璐既已找到終身的託付，祝她一生快樂平安……」

手機響起來，是鍾情打來的：「張總，您在哪兒？」

「我就快到了，再過一個路口。」

「嗯，我們在等您。」

「好，見面說。」

張勝的計程車停在匯金公司的門口，這裏已經被查封了，水產批發市場和冷庫公司用圍牆隔斷開來，在朝向環城公路的方向另開了門。

張勝下車，只見公司門口站著鍾情、郭胖子和黑子。他一下車，三個人便迎了上來。

「勝子！」郭胖子搶先上來，和他緊緊地擁抱在一起，接著是黑子，鍾情含笑站在一邊，等他們兩個退開，她迎上來，想握住張勝的手。張勝笑笑，張開雙臂，把她也抱在了懷裏。鍾情一愣，身子僵了一下，然後緩緩放鬆下來，輕輕抱住了他的身子。

「勝子，你終於出來了。」

鍾情一退開，郭胖子就親昵地捶了一下他的肩膀，黑子在旁邊說：「張哥，鍾姐安排了一桌大宴，為你接風洗塵，咱們過去吧，在龍鳳大酒樓，到了地方咱們邊喝邊談。」

張勝目光一閃，淡淡笑道：「好。」

「張總，上車吧。」

鍾情陪著他走向一輛黑色桑塔納，公司原來那輛賓士作為總公司的財產已經被拍賣充公了，為了業務方便，鍾情又購進了這輛桑塔納。

她邊走邊解釋道：「我本想讓三處地方的中高層管理人員全體趕來迎接你，聲勢搞得越大越好，叫那些等著看你笑話的人瞧瞧。不過郭哥說，你向來不喜歡招搖，今天又是剛剛回來，老朋友有許多話說，讓那幫傢伙來了，除了阿諛奉承，湊湊熱鬧，也沒旁的用處，所以才只有我們三個過來。」

「呵呵，我剛出來，不知怎麼的，渾身都提不起勁兒，瞅什麼都覺著沒意思，把那幫閒人弄來，心裏還真鬧得慌，還是胖子知我懂我。」

張勝笑著說，親昵地摟住了郭胖子的肩膀，郭胖子嘿嘿地笑，黑子在後面張了張嘴，眼見三人已走到車前，便搶上兩步給張勝拉開了車門。

龍鳳大酒樓是開發區建起之後第一家大酒店，現在又陸續開起兩家，論經營規模和排場，龍鳳大酒樓已經不算是這裏天字第一號的酒店了，但是它成名早，另外酒樓風格一直走的是雍容華貴的路子，所以仍被這裏的人奉為第一。

三樓大包廂裏，巨大的轉盤餐桌上數十道菜琳琅滿目，只是四個人坐著就顯得空曠了些。

張勝向好友敘說著看守所裏發生的故事，不過只揀了些有趣的事來說，至於自己一再受到生命威脅的事則閉口不提。鍾情則不斷向三人勸酒，幾個人邊說邊飲，已有了幾分醺意。

他被捕後公司發生的事，鍾情一直輕描淡寫，說得很是輕鬆。在她暗示下，郭胖子和黑子唯唯諾諾，也不多說什麼。可是等到兩人喝高了，可就看不到鍾情遞來的眼色了，郭胖子說起張勝被捕後公司艱難的處境，說起他苦捱度日被逼得滿嘴水泡的往事，說到動情處，真是聲淚俱下。

黑子悶頭聽著，聽一段，喝一杯，最後喝得兩眼通紅，砰地一拍桌子，憤憤地罵起了那些牆倒眾人推的小人：「張哥，我們笨嘴拙舌的，這麼說，你是想像不出公司裏當時慘到了什麼地步啊……」

「黑子，你張哥剛出來，大家說點高興的事兒。來來，喝酒，這些事兒不提了。」鍾情舉起杯，連忙勸阻他。

黑子紅著眼珠，大著舌頭道：「別，鍾姐，你得……讓我說完，我這人憋不住話，你今兒……不讓我……說完，我心裏難受……」

他站起來，提著五糧液酒瓶子，歪歪斜斜地走到張勝身邊，一屁股坐了下去。張勝也喝得臉紅耳熱，不過比起他們來，似乎醉意輕了許多，他若有所思地把玩著酒杯，垂著眼神兒，一直微笑著聽他們說話。

「張哥，你知道嗎，鍾姐，她給那……那些人逼的，哎呀，那時候整個公司大樓……全他媽要賬的、退夥的、打……打劫的，不等政府來查……查封啊，整個匯金……上上下下，那時要沒個人能鎮住場子，就得被……被搶光嘍，搶黃嘍，一……一塊磚都剩不下。」

「張哥，」黑子大著舌頭扯著嗓子繼續說：「當時，郭哥心臟病犯了，讓人……給抬走了，鍾姐……一個娘們兒，不……」

他「啪」地給了自己一個大嘴巴：「口誤，口誤，一個女人家，她是怎麼鎮住那些地痞無賴、流氓土匪的？她……她一刀把自己的手給剁了……」

「黑子，說什麼醉話呢，喝酒。」鍾情趕忙又舉起了杯。

黑子把脖子一梗，說：「我哪說醉話了，郭哥，我說的是真的不？張哥，那一刀，真狠吶，虧我一把抓……抓住了刀背，沒砍斷，那也玄乎，你看鍾姐那手，直……直顫，她不是喝多啦，她是傷了筋脈，還沒好利索，到現在都提不了重東西。」

張勝的身子猛地一震，霍然抬頭看了鍾情一眼，眼神極其複雜，感激、衝動，還有一抹說不清的味道。

鍾情與他眼神一碰，心裏突地一跳，她忽然發現，張勝的眼神裏根本沒有一點醉意。

「後來吧……張哥，咱喝，乾！乾一個！」

說完不待張勝舉杯，他用酒瓶子跟張勝的杯子碰了一下，「咚咚咚」地灌了幾口，一抹嘴巴，說：「那個誰……那個楚矮子，找了幾個流氓綁架鍾姐，想讓她拿證據，知道幹啥不？用來害你，鍾姐不幹，要不是我正好看到，鍾姐就完了。」

張勝深深地看著鍾情，那雙眼睛一直沒有移開，他默默舉起斟滿的酒杯，隔著桌子向她遙遙一拜，一言不發，一飲而盡……

「勝子，現在你回來了，有什麼打算？」

郭胖子給張勝拋過來一支煙，隨口問道。

張勝拿起煙來，點上，深深吸了一口，煙霧從口鼻中噴出來時，一雙眼睛好像不勝酒意地瞇了起來。

郭胖子連忙低頭點煙，打火機「啪啪」地打了幾次，這才點上。

黑子也坐直了身子，打個酒嗝，說：「對……對啊，張哥，你有啥……安排，咱們……合計合計。」

鍾情拿起餐巾，若無其事地擦著嘴角，淡淡地說：「當初，有人陷害張總，同時又被寶元公司的案子牽連了，迫於無奈，才使了一招『移花接木』，用股權分立、債權置換的方式把股份轉移到了我們名下。」

「其實……大家心知肚明，總公司的債務，根本就沒有轉到子公司來，相反，倒把子公司的債務轉移到了總公司。現在張總回來了，自然該交回給張總。張總，所有的賬簿我都理順了，我名下的企業只等你簽字……」

屋子裏靜了下來，張勝雙手合攏，托著下巴，眼神飄向郭胖子和黑子。

郭胖子低著頭，一口接一口地抽煙，眼睛沒有抬起來，黑子人微言輕，他左看一眼鍾情，右看一眼郭胖子，似乎想說話又不好張嘴。

鍾情將餐巾往桌上輕輕一扔，笑了一聲，說：「不過話說回來，張總，大家跟著你鞍前馬後，可沒少出力啊，上一次劈乾股是假的，這一回總該來點真的了。呵呵，老郭、黑子，你們說我們每人跟張總要個百分之十的乾股，也不算是坐享其成吧？」

郭胖子被她問到頭上，再也搪塞不過，只好乾笑兩聲，猛一抬頭說：「說的是呢，錢是好東西，可要丟了義，人都白做了，要錢還有啥用？咱們是好兄弟、好朋友，怎麼著你也虧待不了我，鍾情交，我也交！」

黑子左看右看，還沒說話，張勝忽然哈哈大笑，擺手道：「成了，我等的就是你們這句話，要的就是你們這份心意。不過，你們現在不是經營得好好的嗎？何必再合三為一呢，這董事長我可是當膩了，哈哈。」

「張總……」鍾情急了，鳳目含威，狠狠瞪了他一眼。

張勝只作未見，又說：「至於把股份再交出來，更是天大的笑話，你們當我是什麼人了？當初我是兵臨城下啊，危急關頭不得不行險招，要不是你們苦苦撐著，我出來之後還有什麼？沒了，什麼都沒了……現在，我回來了，每家公司我都保留著百分之四十九的股份，能留下這麼多東西，知足了，我得謝謝你們。」

張勝斟上酒，舉起杯，慨然說：「你們能把各自的公司經營得這麼出色，我就放心了。我在你們三家公司都有股份，不操心不受力的，我才是坐享其成呢。來，都把酒滿上，咱們乾一個，我是真心實意地感激你們，祝你們生意紅火，日進斗金……」

「張總……」鍾情又叫。

「來，喝酒！」張勝重又說了一句，尾字音重重地頓了一下，鍾情便悶悶地不吱聲了。

「勝子！」

「張哥！」

郭胖子和黑子極其意外，兩人舉著杯，不知所措地站起來，望著張勝，滿臉激動。

「乾杯！」張勝舉杯，一飲而盡！

四個人走出龍鳳大酒店的時候，郭胖子攬著張勝，一個勁兒邀請他去家裏休息，晚上兩兄弟再喝一頓，鍾情憋著滿肚子話想跟張勝說呢，便道：「還是先去我那兒看看吧，水產批發市場三點多就關門，現在還有半個多小時了，去看看那兒的紅火勁兒，也高興些。你倆想請呀，是不是該女士優先？」

郭胖子和黑子跟鍾情現在雖是各不統屬，但是兩人對鍾情都很服貼，聽她一說，不敢再爭，兩人約了明日再請張勝，便各自回去了。兩人一走，鍾情便笑臉一收，沒好氣地上了車，扶著方向盤氣鼓鼓地看著張勝。

張勝笑笑，拉開車門坐進去。

「噌」地一下，車子飛馳出去，在公路上只繞了半圈，便從水產批發市場的後門駛了進去。

「下車！」鍾情凶巴巴的，好像張勝做了什麼對不起她的事。

張勝莞爾一笑，從車上下來。鍾情頭也不回，踩著外跨樓梯「蹬蹬蹬」地走上去，到了二樓，拿出鑰匙打開，扭頭看了他一眼，張勝便隨著她走了上去。

這是筒狀辦公樓，實際上大多數房間的用處都是倉庫。水產批發市場主要管理職能部門的辦公室大多設在銷售大廳旁邊，再加上批發市場幾乎沒有機關員工，所以大樓裏空蕩蕩的。

通道一側是一間間房子，另一側窗外就看得到綠色棚狀交易大廳的最外側，馬上就到下午三點了，批發市場的經營者正在收攤，看那擁擠的車流、人流，顯見日常經營是非常紅火的。

鍾情走在前邊，到了一間裝飾比較華美的木藝辦公門前，掏出鑰匙把房鎖打開，然後娉娉婷婷站在門邊，看著張勝。張勝走過去，看了看她，然後輕輕推開了房門，房間內的情景躍入眼簾，張勝的呼吸一下子屏住了……

剎那的失神，已經有點酒意的張勝腦袋「忽悠」一下，彷彿跨越了時間和空間，回到了半年以前，回到了匯金公司的辦公大樓，回到了他整整工作奮鬥了兩年的那間辦公室。

他慢慢走進去，輕輕撫摸著沙發、辦公台、老闆椅……

桌上放著文件，紙筆，擺放的位置和樣子，彷彿他剛剛還使用過。桌上的一盆鮮花開得正豔，他的煙灰缸和茶杯擺在一角，旁邊還放著一盒香煙和打火機。

牆邊的書櫃裏，擺放著一些裝飾品和書籍，張勝依稀記得，在匯金公司時，他的書籍就是這樣擺的，這裏竟連圖書的擺放次序都一點不差。鍾情把他辦公室的一切都原封不動地搬過來了，就連通往臥室的那扇邊門，款式都和以前一模一樣。置身於此，他彷彿完全回到了過去。

「鍾情……」張勝感動不已，鍾情為他所做的一切，為他所默默付出的一切，令他感於五內，佳人情深，何以為報？

「你……做這些事，費了很大心思吧？」張勝含糊地說著，壓抑著他的哽音。

「那又有什麼用？」鍾情就像家裏存款被老公偷偷拿去孝敬父母的小女人似的，臉紅脖子粗地瞪他一眼：「今天你本來能拿回屬於你的一切的，可是你……你為什麼要那麼說？」

張勝無奈地笑笑，解釋道：「當初分立公司的時候，我說得明白，送給你們百分之五十一的股份，只要公司保住，為我保留百分之四十九的資產，我就心滿意足了。現在我出來了，就出爾反爾，向兄弟張嘴把資產要回來？」

「可……這公司是你的心血啊，我們付出得再多，也是你的公司；我們拿那麼多股份，不是趁火打劫是什麼？」

張勝搖搖頭，慢慢地說：「不，別這麼說，你們為我付出的已經太多太多了。尤其是你……」

他深情地凝視著鍾情，問道：「你的手，怎麼樣了？」

鍾情把手背到身後，搖了搖頭：「根本不打緊的，黑子誇大其辭，你也信呢，我就是嚇唬那些趁火打劫的人，要把我逼急了，那就一拍兩散，讓他們什麼都得不到，別以為女人好欺負，其實……只是做做樣子。」

張勝不聽，走過去一把抓住了她的手腕，鍾情還想掙開，張勝另一隻手立即搭上了她柔軟圓潤的腰肢，向懷裏緊了緊。鍾情心促氣短，就像頭一次被男人抱住的小女孩似的，再也無力掙開，只得乖乖任他抱著。

她的手背近腕處赫然一道深深的刀疤，已經痊癒的傷口處暗紅色的肌肉翻卷糾結著，可以想見當初傷得有多重。

「完全痊癒了嗎？你不該這麼做的，如果我出來後，你已成了獨臂神尼，就算公司保住了，我也會一輩子陷於內疚之中。」

鍾情被他逗得「噗哧」一笑，嗔道：「獨臂就獨臂，誰神尼呀，你剃了光頭當和尚，人家就得做尼姑不成？」

這句話說完，她自覺曖昧，面上不禁一紅，連忙板起臉道：「不許打岔，我在問你呢，那可是你打下的江山。你看這裏，我費盡心思把這裏佈置得和以前一模一樣，就是巴望著能輔佐你東山再起。難道一次挫折就讓你雄心盡喪，你安心從此做一個無所事事的富家翁，靠吃股利過日子？」

張勝微微一笑：「當然不是。」

「那你……」

張勝把鍾情的手放在自己腿上，怕疼似的輕輕撫摸著她的手背：「其實，今天你們一出現，我就瞭解他們的心思了。他們見到我時，一個叫我勝子，一個叫我張哥，沒有一個叫我張總，雖然不是有意為之，不過潛意識裏，肯定是有著否定的意思。」

鍾情剛要說話，張勝豎起一根手指，壓在了她的嘴唇上。

鍾情的臉又紅了，馬上乖乖地閉上了嘴。不知怎麼的，如果說以前她是縱容張勝的放肆，現在卻是有點怕他，不敢違逆他的放肆。他身上似乎有一種充滿侵略的味道，很危險。可是鍾情心底裏好像很喜歡這種被他欺侮、被他居高臨下控制著的感覺，她喜歡張勝的男人味重一點，哪怕看起來有些霸道，她心裏反而很甜蜜的感覺。

「如果他們沒有想法，公司的中高層管理人員怎麼可能一個都不帶來？見見自己的大老闆，有錯麼？呵呵，雖然理由說得很得體，可是同樣的，我認為他們在和我談妥之前，不想讓這些人認下我這個原董事長，對不對？」

鍾情驚訝地道：「你……都看出來了？」

張勝笑笑，說：「其實我來之前，就已經想過這些了。人，皆有私心，他們是這樣，我也一樣，完全無私的人根本就不存在，高尚到完全無我的人，不是出家人就是宣傳材料裏編出來的假人物。」

「只不過有的人私心重一些，為了利可以無所不用其極；有的人把利字看得輕些，在他們心裏，把人格、尊嚴、親情、友誼，看得比錢更重，郭胖子和黑子就是這樣的人。你當時帶頭表態，擠兌得他們下不了台，他們自然只能跟著你表態……」

鍾情搶著道：「你既然知道我一番苦心，還那麼說？他們是重言諾的人，只要當時答應下來，回頭縱然心中後悔，也絕不會再食言的。」

張勝笑笑，那雙眼睛好像望進了她的心底：「這就是你一直向他們勸酒的原因吧？趁著酒意，激起他們的義氣。」

鍾情被他說中心事，臉頰頓時紅了起來。她忽然覺得有點可怕，為什麼他總能一針見血？以前他可不是這樣的。

張勝說：「我當初答應把股份撥到他們名下時，可沒說過有朝一日還要拿回來，否則他們今天不會有那些心思，即便我沒有法律的保障，他們見了我也一定會毫不猶豫地把股份還給我。可是當他們相信了我的話，把公司當成自己的財產打理拚搏了這麼久之後，你要他們對別人無私、忠誠得像一條狗，完全沒有一點私念，可能嗎？」

「他們也是有血有肉、有七情六欲的人啊。再說，人無信不立，我說過的話一諾千金，張勝是食言而肥的小人嗎？如果我要，頂多是把公司的控制權拿回來，仍然當我的董事長，可是……分易合難，他們就算服我，彼此也不會服，自己當家和別人當家終究不同，最難做的就是親人朋友間的利害關係，長此下去，這家公司的前景可想而知。」

「做企業說到根上還是為了賺錢，如果我自己經營還不如放手讓他們去做賺得多，那為什麼不放手？什麼都牢牢把在自己手裏，未必是好事，有時，有捨才有得。過去的已經過去了，棄我去者不可留。」

鍾情歎了口氣，幽幽說道：「算了，你想得開就好，已經如此，多說無益。那你回批發市場來好了，只剩一家水產市場，規模是小了點，不過生意挺紅火，咱們可以從頭做起，過兩年看看，你還是橋西開發區風頭最勁的企業家。」

張勝笑笑，目光閃動著說：「橋西開發區……呵，當你見過大海之後，你還會留戀一個水窪嗎？」

「什麼？」鍾情困惑地擰起秀氣的眉毛。

張勝收起臉上的笑容，鄭重地說：「鍾情，我想離開這兒，換一片天地闖闖。」

「離開？」鍾情緊張起來。這些日子，她獨自撐著公司，要打理業務，要為張勝到處奔走，她不是天生的企業家、女強人，以前輔助張勝的時候，許多秘書工作她都駕輕就熟，但是現在讓她自己做主，就不是那麼回事了，她不知承受了多重的壓力才能做到這麼好。

可是她心裏從來沒慌過、沒怕過，沒有過軟弱、放棄的時候。儘管她是煢煢弱質女兒之身，但是她心裏有一個強大的精神支柱：張勝！

張勝還在，無論她做什麼，都像是陪著他一起做，在為他做，可是現在張勝突然說要離開這兒，鍾情頓時慌了，她不知所措地問：「你……你要去哪兒？」

張勝目光幽深，裏邊就像閃耀著兩團鬼火，他沉浸在回憶之中，幽幽地說：「這次進去又出來，我失去了很多東西，公司沒了，戀人沒了，孑然一身，一無所有……」

鍾情聽得心裏一酸，沖口道：「誰說的，不要走好不好，你還有我，我永遠不會拋棄你！」

「嗯？」張勝目光一凝，定睛看向她。

鍾情臉一紅，連忙心口不一地解釋：「我是說我名下的水產批發公司啊，我從來沒有想過據為己有，你回來了，它就還是你的。」

張勝笑笑，目光閃爍不定地看了鍾情一會兒，直到看得鍾情兩頰生暈，才突然道：「我的書櫃全都搬過來了，下邊那幾格茶葉有沒有搬過來？」

鍾情愣了愣，愕然答道：「當然。」

「沏壺茶好不好？渴了。」

「好！」鍾情趁機抽出手，起身走到書櫃邊，打開書櫃，回首問道：「龍井？」

張勝笑答：「普洱。」

鍾情似乎想起了什麼，眼波中流動起一抹美麗的漣漪，有種說不清的韻味。她抿了抿唇，俯身抽開第四格，取出了裝普洱茶的木筒。

那姣好的身段隨著下俯的動作乍顯了一下誘人的曲線，然後她便直起腰，走到辦公台前。

張勝笑歎道：「你呀，一點沒有當老闆的覺悟，叫你去，你就去，還當自己是秘書？」

鍾情一邊放茶葉一邊說：「我說過，這家公司還是你的，只要你一句話，隨時雙手奉上。」

張勝心被碰了一下，好像什麼東西融化了似的，酸酸軟軟。他咳了一聲，清清嗓子說：「我明天……就要去南方……」

「哎呀！」鍾情一聲驚叫，開水倒在杯口上，濺起來燙了手。她顧不得擦拭，連忙放下暖瓶，轉身急問道：「去南方，你真要離開這兒，還要走那麼遠？」

「是啊！」張勝眼底有抹戲謔的笑意，「要不要跟我一起去？」

「好！」

鍾情想也不想脫口便答，這句話說完她才反應過來，一張臉頓時有若熟透了的蘋果。以她的機警，如果看清張勝的眼神，定可窺出端倪，只是情急之下，關心則亂，這一下便上了他的當。

張勝開心地笑起來：「真的要跟我去啊？那公司怎麼辦？交給別人我又不放心。」

「你……你還有心開玩笑？」鍾情氣得跺腳，走到他面前質問：「你去南方幹什麼？北方這片天地還不夠你打拚的？如果你在這裏不能成功，到了南方就能一展抱負嗎？張勝，我看錯你了，我以前從不認為你會是個輸不起的懦夫，沒想到……你太叫我失望了！」

張勝一臉無辜地聳聳肩：「鍾姐，沒這麼嚴重吧？我只是去南方幫個朋友做點事，來回也用不了多長時間。」

「你……」鍾情氣結，這才知道又被他耍了。

「喝多了耍酒瘋是吧？我比你喝得還多呢！我頭暈，要歇歇，想喝茶自己倒吧！」

鍾情的大小姐脾氣終於發作，她惱羞成怒地走到對面沙發前一屁股坐下，一翻身便躺了上去，側對沙發，只留給他一個背影。

「喂，什麼時候這麼小氣了？」

鍾情佯睡不理他，張勝好笑地看她的背影，眼角瞟了眼那杯茶，沒話找話地問：「普洱勁兒小，可以多放點吧？」

「隨便你！」

鍾情方才脫口說了聲跟他走，自己的心事全都暴露無遺了，臉上的紅暈還沒消呢，窘得恨不得找條地縫鑽進去，正好佯怒遮羞，哪裏還肯回頭？她丟下句話便繼續睡覺，只留下渾圓的屁股對著他示威。

「鍾姐！」張勝輕輕地叫。鍾情猶自不動，守著身段，不枝不蔓。

沙發突然陷下一塊，竟是張勝移到了她身邊坐下，這一下鍾情剛剛平靜下來的心再度「撲通撲通」地跳了起來，她更不敢回頭了，可是全身所有的感官都一下子提到了最敏銳的程度，每一根汗毛都在感應著張勝的存在。

張勝心裏很清楚鍾情對他的感情，鍾情為他斷手被擄，對他忠誠不貳，為他所默默付出的一切，使他虧欠佳人至深。當初，他束縛重重，而現在，一切障礙都已不在。禁錮的情感和欲望一旦得到釋放，勢若洪流。

尤其是聽說入獄後鍾情為他所作種種，更讓張勝衝破了心結，南行之前，他想給兩人之間糾纏三年之久的曖昧情感做一個了斷。

「鍾姐。」張勝的手搭上了鍾情的肩膀，鍾情的頸背腰臀一下子綳緊了，只覺炙熱的感覺從他掌心傳到自己身上，這時更不方便轉身了。

「鍾姐，我來的路上，已經訂好了機票，明天中午十一點的飛機。」

鍾情還是沒有說話，只是肩膀動了動。張勝繼續說：「我要去溫州一趟。受人之托，忠人之事，答應了人家，就不能拖太久，況且，我欠了他一個大人情。等我幫文哥辦好這件事，就會回來。」

「文哥是什麼人？」鍾情忍不住問。

「他……」張勝仰起頭，望向一片虛無，他是什麼人？說實話，就是張勝知道的也不多。他笑笑說：「以後你就明白了。」

「然後呢？」

「然後？」張勝再度失神，然後他當然要嘗試接觸一個新的經濟領域，那是比創辦實業更激烈、更殘酷的逐鹿場，在那裏，財富的再分配是以秒計算的。成功，可以迅速聚資千萬；失敗，馬上可以一文不名。

他不但決定要把那當成自己的新事業，而且，也只有在那裏，他才能積累下向徐海生討回公道的本錢。現在想來，徐海生應該早已罪行累累，三年前麥曉齊的死，很可能也與他有關，所以他才那麼怕進入警方的視線。

徐海生通過不法管道，積累了大筆財富，他利慾薰心，不擇手段地害人，還是為了這筆財富。要打擊他，最好的辦法就是打擊他的財富。即便匯金公司還在，還正處於全盛時期，相信財力也無法與他抗衡，要取得與之一戰的資格，唯有劍走偏鋒。

而這一切，張勝還是無法說給鍾情知道，他不想說出被人暗殺的事讓她擔心。張勝的猶豫不決讓鍾情的眼神漸萌幽怨，她幽幽地帶著些怨恨說：「你去開創你的新事業，去做你男人該做的事，拍拍屁股離開了，是不是覺得把公司給了我，給了我錢和地位，像個施恩的聖人？你說得冠冕堂皇，但是把我和你的公司都一齊扔掉了，是不是？」

「我有說從此不和你往來嗎？」張勝指指鍾情的心口，又指指自己的：「唯一不同的是，我們不再是上司和下屬的關係。你想了，隨時可以去看我，我喜歡，隨時可以來看你，很自由、也很長久的一種關係，可以嗎？」

鍾情蹙了蹙眉，有點狐疑地問：「那是……什麼關係？朋友……」

張勝目光灼灼，深深地凝視著她，輕輕地說：「渾渾噩噩，二十餘載。這次進了看守所，在那種揭去一切偽裝，把恐懼、貪婪、愛憎，一切本能的欲望展現出來的殘酷世界中生活，我明白了許多道理。我現在知道……得不到的不一定是最好的，容易得到的不一定是最壞的，最重要的是珍惜現在。」

鍾情的心窒了一窒，忽然由緩而快，跳得急促起來：「你……你是什麼意思？」

「我是說，失去的已經永遠地失去了，未來只是一個憧憬，把握現在才是最重要的，要懂得珍惜眼前人。人生得意須盡歡，莫使金樽空對月！」

鍾情的心快跳出腔子了，本能地想要逃開：「你……你說得太玄奧了，我聽不懂。」

張勝的手從她的肩向前滑，滑過她的頸項，激得鍾情的肌膚戰慄起一片小顆粒，然後，他的手指滑到了鍾情的臉上，親暱地撫摸著她嬌嫩光滑的臉頰：「你是不懂，還是不想懂，不敢懂，或者不願懂？」

鍾情坐在沙發上一動也不敢動，吃吃地道：「你越說越玄了，這半年你是入獄還是出家呀？」

張勝笑了：「入獄也好，出家也好，反正我是做了半年多的和尚。你看，頭皮還是光光的呢。」

他拉鍾情的手去摸他的頭，鍾情紅著臉攥緊了拳頭嗔道：「你含含混混說了半天，到底什麼意思嘛。」

張勝盯著她躲閃的眼睛，半真半假地道：「我是說，張勝這輩子，欠鍾情的太多太多了，無以為報，只好以身相許，你要不要？」

鍾情噗哧一聲笑，扭過頭，咬住唇，一聲不語，胸脯卻急促地起伏起來。

張勝的手溫柔地撫上了她的唇，柔聲說：「張勝何德何能，能得你如此垂青？在龍鳳樓，聽到黑子說到你揮刀斷手……」

他長長地吸了口氣，認真地說：「你猜我當時想什麼？」

鍾情如受催眠地問道：「想什麼？」

「我就想，我要她，我要定她了，我要她做我的女人。如果我再放過她，那我就是天字第一號混蛋！」

鍾情的身子顫抖起來，眼神朦朧著，好像有水在裏面蕩漾。她嫩紅的嘴唇翕動了半晌，忽然用一排劃著整齊弧線的貝齒緊緊咬住，垂下眼簾一言不發。

「鍾姐，做我的女人好不好？」

鍾情的身子一顫，這聲鍾姐再次提醒了她的身分，她不堪的過去。那是她的心病，是亙在她心裏的最大心結，放不下，便敞不開，她忽然使勁搖了搖頭。

張勝的手慢慢放下去，輕輕歎道：「我以為，你是喜歡我的……」

他的手一放開，被放棄的恐懼迅速籠上鍾情的心頭，她急急地搖頭，用近乎哀求的聲調說：「讓我就這樣陪著你，不好嗎？」

「不好！現在，我想要的，我就會努力去爭取、去得到！」張勝說著，俯身向她靠近，鍾情的身子被迫壓著向後微傾。

「我比你大！」

「不是理由。」

「我……我嫁過人，有過情人，還被好多人聽到那不堪的……」

「關我屁事？」

「你……」鍾情被欺壓得上身一下子倒回沙發上，這一下成了更加毫無反抗的姿勢。

「你現在說什麼當然都好，可是……一旦得到了我，你會在意，你會嫌棄……」

「所以你自卑，你害怕，你寧可一直像現在這樣，是不是？」

張勝雙手拄著沙發，居高臨下地看著她，鍾情有種透不過氣來的感覺。

「我在獄裏時，有個叫龐傑的人曾經罵過一個因為花罪進去的混蛋，他說他老婆就是給他開一個綠帽子店，只要月月寫信、賬上見錢，他就知足。男人拍拍屁股進來了，還要老婆在外面給他守節，給他掙錢『托厲』，給了人家什麼啦，誰上輩子欠了他的？我認為罵得很對！他是個流氓，但他看得比我們都要透徹。」

「你曾為我付出的何止百倍千倍，你過去的生命中並沒有我的存在，我認識的是現在的你，還要你為我漂白過去的歷史？那不是瘋子就是狂人！」

鍾情軟弱地呢喃：「你會後悔的，一定會後悔……」

「我不會。你喜歡我，我也喜歡你，這是事實。你所求的，是一份感情的寄託，對你來說，它不一定用性來連接。而我不行，我不夠冷血，做不到無情無欲；我不是浪子，做不到有欲無情；我不是聖人，做不到有情無欲。」

他的身子越俯越低，灼熱的眸子深深映在鍾情的瞳孔裏，一字字地說：「那你剩下的，便只有一個選擇，要接受，就接受一個有情有欲的我，接受一個完整的我，你接受嗎？」

鍾情癡癡地看著俯在自己上方的這個男人，有種頭暈目眩的感覺。他的聲調、眼神，太強勢了，充滿霸道的味道。鍾情的心神一陣蕩漾，當張勝很認真地說「如果你不要這樣的我，那我會走」時，她歎了口氣，然後便像一隻撲火的飛蛾，義無反顧地張開她的雙臂，緊緊地抱住了他……

珍惜眼前人，對他如是，對她，何嘗不是？

張勝一把握住她的手，半晌才說：「我走之後，家裏你幫我照顧一下。」

「嗯。」鍾情從鼻子裏應了一聲。

張勝緊了緊她的手指，低聲說：「公司交給你啦，不用太勞心費力的，水產批發也罷、冷庫公司也罷，基點便不高，維持生意興隆已難得，成不了大氣候。你等著我，如果我能成功，終有一日，我會闖下一番大大的天地，等到恩怨一了，便讓你到我身邊，再不分開。」

「嗯！」鍾情又應了一聲，忽然動情地抱緊了他。

黃昏，幽暗的光線慵懶地洩在床褥上，張勝枕在鍾情臂上沉沉睡去，鍾情的喘息依然起伏，她用柔柔的目光注視著張勝熟睡下的面孔，暖暖的笑意中透出一種很複雜的光彩。

「傻瓜，我若只圖大富大貴，在你伶仃入獄時，又豈肯為你苦苦支撐？有你就足夠了，就不枉我對你的一片心意，只要你心裏有我，我就知足了，我願意做你一生一世的情人。」

她湊過去，在張勝的額頭輕輕一吻，熟睡中的張勝皺了皺眉，下意識地揮動了一下手指。鍾情無聲地笑了，臉上的神情就似無奈地縱容著一個頑皮的孩子，分不清那是羞澀還是憐愛，女人最美的時候，大概就是這樣的吧……

第八章

炫人的隱藏財富

這麼大的一筆財富，即便張勝完全不懂行，
也可以猜測到這些東西的總價值達千萬。
第一次面對這麼一大筆財富，張勝的心禁不住「怦怦」地跳起來。
雖然這些東西卷起來並不大，大小僅像捆起來的一摞教科書，
但是張勝抱在懷裏，卻有種重若山嶽的感覺。
不出所料，文哥果然不是等閒人物，
按他所說，公司產業全部被查封，銀行存款被凍結，
即便這樣，在一棟不起眼的住宅裏，
他還能藏下如此龐大的一筆鉅款，當年是如何威風赫赫可想而知。

窗外，是一片片白雲，從上面看上去，就像是南極無邊無際的雪地，一座座起伏的雪山綿延不絕，偶爾，那一片銀白中出現一道長長的軌跡，像彩虹一般，那是剛剛經過的飛機拖曳出的痕跡。

今天，張家一門老少，還有鍾情、郭胖子夫婦、黑子和小白都趕來送行，難為了鍾情，剛剛尋到感情寄託，正是情熱之際，當著他們的面還是一副若無其事的模樣，但她望向張勝時，那目光立即變得灼熱起來，水汪汪的眼裏春情一片，分外誘人。

想起她那動人的眼神，張勝的心裏一熱，他摸出手機，輕輕按下鍾情的號碼。

「喂，請不要在手機上打飛機！」

「啊？」張勝茫然抬起頭，反應快的旅客一陣哄堂大笑，那個情急口誤的空姐一張俏麗的臉蛋羞得緋紅。

「哦，對不起，對不起。」張勝沒聽出她的語病來，連忙道歉。

那個空姐把自己口誤的賬算到了張勝頭上，她遷怒地瞪了張勝一眼，恨恨地轉身逃開了。

張勝關掉手機，重又將目光投向舷窗外，心想：「到了再打電話給她吧。再有一個小時，應該就到了吧。」

「先生是一個人？」坐在張勝旁邊的女孩放下畫報，笑盈盈地對他說，方才好笑的情景已經引起了她的注意。

張勝點點頭：「嗯，是的。」

「去溫州公幹？」女孩繼續問。

張勝這才瞟了她一眼，很精緻的一個女孩子，眉清目秀、皓齒紅唇，長長的睫毛下一雙大大的眼睛，身穿一身白色休閒服，既高貴又優雅，一副都市麗人打扮。

「呵呵，旅遊。」

「旅遊？」女孩張大眼睛，吃吃地笑起來：「溫州不是旅遊勝地吧，而且還是一個人。」

張勝臉色微赧，女孩看出他的窘態，沒有追問下去，她嫣然一笑，又翻開了畫報。

張勝鬆了口氣，靠在椅背上假寐起來。

不知什麼時候，他覺得肩頭有些沉，睜開眼睛一看，只見旁邊那女孩彷彿睡熟了，畫報攤在腿上，腦袋靠在他的肩膀上，張勝微一側頭，便嗅到了一陣淡淡的幽香，眼光無意間瞥到女孩領口間一抹嫩滑的賁痕。

張勝連忙挪開眼光，望向窗外。舷窗外陽光刺眼，他便把窗蓋放了下來，頭頂的燈光也關掉了。女孩睡得正甜，張勝不好喚醒她，便一動不動地坐在那兒，讓肩頭保持著最舒適的高度。

「各位旅客，你們好，我們的飛機將在十五分鐘後到達溫州永強機場……」甜美的聲音響了起來。女孩一下驚醒了，一見自己枕在張勝的肩膀上，連忙道歉：「哎呀，先生，真是對不起。」

「沒關係，這機會可不是人人都能碰到的。」張勝一邊活動著發麻的肩膀，一邊和她開玩笑，打消她的窘態。

女孩果然笑了：「呵，真有紳士風度，我叫伊悠，是回溫州參加大學同學會的。溫州我待過四年，很熟悉呢，你要真是去旅遊，等我參加完同學會做你的嚮導好不好？」

美人巧笑倩兮，不容拒絕，這邀請更是令人想入非非，但張勝笑了笑，卻婉言謝絕道：「謝謝你的好意，伊小姐。同學聚會，一定會一塊兒遊山玩水，喝酒唱歌，呵呵，我就不跟著摻和了。」

「哎呀，你這人，真是。」伊悠拿出手機，美目一睨，說：「別客氣啦，告訴我手機號碼，等我參加完同學會就打給你。」

「真的不必了，我這人比較內向，和陌生人一起結伴而行，渾身不自在。」張勝一笑，再次拒絕，然後扭頭望向窗外。

女孩有點發愣，以她的天生麗質，似乎還從未被這樣拒絕過，她嘴角微微一撇，傲氣地收起了手機。

其實換作平常，有美人兒在側，雖說不至於動什麼歪心思，但與人家聊聊天，進而妙語如珠，博美人兒一笑，打發這段枯燥旅程的事，相信每個男人都是很樂意去做的，張勝也不例外。

而現在，張勝深知他幫文哥做的這件事雖不是傷天害理，卻一定於法不容。這趟溫州之行，要儘量別和不相干的人與事扯上關係，所以他的心很平靜，他只是專注於自己要做的事，至於過程的生動或枯燥倒是無關緊要了。

況且，在與鍾情那樣的水乳交融之後，他心中因小璐與若蘭的離去而留下的空洞和傷害已經得到了填補和修復，這趟溫州之行，豔遇不在他的計畫之中。他現在做事，輕易不會因為任何事影響本來的計畫，哪怕她是一個魅力超俗的美人。

溫州機場到了，旅客們魚貫而出，張勝也提起了他的行李箱。

機艙口，那個曾經阻止他在飛機上打手機的空姐，笑容可掬地站在那兒，每經過兩名客人，便微微一鞠躬：「您好，請慢走。」「您好，旅途愉快。」

當張勝經過門口時，她直起腰來，狠狠剜了張勝一眼。這個女孩一雙漂亮潑辣的大眼睛頗似秦若蘭，愛屋及烏之下，張勝只是好脾氣地向她莞爾一笑，眼角掃過她胸口時，瞥見了她的胸牌：「唐小愛。」

「名字不錯，長得不錯，就是脾氣不太好。」張勝想著，忽地想起了當初那個牽著「小豬」吃餛飩的潑辣女孩，眼神不由一黯。他壓了壓遮陽禮帽，帶著一腔思緒，飄然走下了飛機。

溫州永強機場很小，設施也很簡陋，同國內大多數城市的機場比起來，它簡直就是一隻醜小鴨。同北方人對這座城市的感覺截然不同，在感覺裏，溫州簡直就是財富的代名詞。

張勝走著，總覺得身後似乎有一雙眼睛在盯著他，他在人群中穿梭，偶爾飛快地扭頭看上一眼，卻沒有發現什麼異狀，但那種直覺絕不是疑神疑鬼的感覺，張勝暗暗奇怪，心下提高了警覺。

「真的有點問題！」張勝心裏一跳，機場出口，他忽然發現有個人同其他接機的人有點不同。他穿著便裝，表面看來與別人沒什麼兩樣，但是張勝是在看守所裏待過半年的人，就像在羊群裏尋找一隻麋鹿，他一眼就認了出來那個人特殊的氣質。那人手揣在兜裏，神態悠閒，但是一雙眼睛非常機警，而且專門盯著單身的男旅客。

張勝一下子警覺起來，他把遮陽帽壓到眉端，眼睛向前一掃，突然看到在飛機上同座的伊悠拖著一個皮箱，斜挎著一個小坤包，正走得朝氣蓬勃，那小坤包在屁股上一顛一顛的。

他立即趕上兩步，親熱地笑道：「美女，拿這麼重的箱子啊，給同學帶的禮物吧？呵呵，來，我幫你拎著。」

說著，不由分說，便搶過了她拖著的大皮箱。

伊悠一愣，隨即得意一笑，俏臉如花。

「就說嘛，男人，哼哼，還不就是那麼回事兒，見了美女不主動上去搭訕就算好的了，還肯放過人家的邀請？」

她下巴一揚，笑道：「是啊，好幾年不見了，給大家帶點禮物。怎麼了帥哥，改主意了，願意接受我這個免費嚮導了？」

張勝呵呵地笑，不說話，但是走得更近了些，肩膀挨著肩膀，還摸出一副墨鏡戴上，男的帥氣、女的洋氣，還真像一對蠻般配的情侶。

順利出了機場，張勝長長出了口氣。候機大廳外，伊悠打了一個電話，然後對他嫣然一笑，說：「謝謝你幫我拿行李，我有同學接機，一會兒就到，我帶你一段吧。」

「謝謝！」張勝扭頭看了看，笑道：「我住的地方比較偏，就不勞煩你了。我搭輛車走就好，再見。」

伊悠愣了愣，這才對著他的背影喊道：「喂，手機號呢，怎麼聯繫你呀？」

張勝正彎腰鑽進一輛計程車，聞言向她招了招手：「有緣自會相見，祝你聚會愉快。」

伊悠再度發愣，嘟囔道：「本小姐像是玩仙人跳的嗎？這小子……空長了一副好皮囊，不是生理上有啥毛病吧？」

她放下大皮箱，摸出盒摩爾，在盒底一彈，叼起一根點上，憤憤地噴了一口。身後，一個身材不高、但靈巧而結實的中年乘客似乎聽到了她的話，他的眼神飄向張勝遠去的計程車，若有所思地笑了一笑。

溫州人，號稱東方猶太人。

整個地球，除了南北極等不適合人類居住的地方外，幾乎所有的地方都有溫州人，不但北京有溫州村，美國、法國、義大利也到處都是。

那可是整個村整個村的移民啊，大量的連普通話都講不好的溫州農民，根本不懂英語、法語和義大利語，就敢在自己一無所知的異國他鄉闖蕩，開始艱辛的淘金之路。即使是通曉外語、受過高等教育的人，又有幾個有這種膽量？就憑這一點，你就不能不服溫州人。

這裏是中小企業的搖籃。中小企業多得令人目不暇接，隨便進任何一個村子，就可以看到工廠。如此大的名頭，中小企業如此發達，老闆數目如此眾多，在張勝的印象中，這裏應該是一片富得流油的地方。

不是嗎？溫州炒房團，可以攪動全國的房地產市場價格，就連北京上海如此水深的地方，也被溫州炒房團掀起洶湧的波濤，如同變幻的魔術，溫州人購房如同菜市場買白菜似的。在他想來，文哥很可能也是出身於此的一代梟雄，可惜他沒有文哥的照片，也沒有官方的門路，否則該可以查出他的身分。

有鑒於此，張勝幾乎是懷著一種朝覲的心態走出機場的。可是一出溫州機場，張勝就大失所望，溫州的市容市貌和其他普通的城市相比，沒什麼區別，甚至和他所在的城市相比，都絕對是一隻醜小鴨。唯一同大型都市相同的是，這裏的人們行色匆匆，你走在人群中，就會有一種強烈的浮躁感。

因為在機場的遭遇，雖說那個便衣未必是衝著他來的，張勝還是不敢大意，他坐上計程車在溫州市內隨意地逛了幾圈，在擁擠不堪的信河街下了車，然後步行進去，穿過幾個商場，看看沒人跟蹤，才從一個邊門出去，又穿過兩條街，然後再次搭上了一輛計程車。

車子在市區裏繼續遊蕩。這裏寬闊的道路不多，就連市委市政府的辦公樓前的道路都窄得幾乎連個車子都進不去，在全國各城市高築亭台樓榭、大興土木的時候，溫州在城市規劃建設上似乎遲了一步。

但是就是這裏，民營企業卻比比皆是，隨便找個工廠，老闆或管事的老闆娘基本上三百六十天都在上班。他們的勤奮，他們的節儉，讓他們創辦的工廠可以很成功地控制成本。哪怕是做鈕扣生意，每枚鈕扣的毛利潤才幾厘，集腋成裘，也讓他們創造了巨大的產業和財富。

當然，這裏的企業剛剛興起時，一樣有資本積累的原罪出現。比如當初極其著名的溫州「禮拜鞋」，價格低廉，款式精美，但是品質極差，有的穿一個禮拜，還有更離譜的，早上穿出去，晚上就得光腳板回家。

以致當它充斥並佔有各地主要市場之後，開始引起強烈指責，很多地方的商場甚至打出「本店絕無溫州貨」的橫幅以招攬顧客。一九八七年八月八日，杭州城更是將五千餘雙溫州皮鞋評為「劣質皮鞋」，然後付之一炬。溫州皮鞋相繼被許多城市的市場自發地驅逐出境。

現在這裏與當年已大不相同，眾多的廠家都秉信「劣質產品將使你我丟掉飯碗」的警訓，他們足足用了十年的努力，終於把自己當初留下的不良印象扭轉了過來。

張勝也幹過實業，他能從許多普通人看不出的地方，看出許多東西。在這裏，他感受到了與北方太多的不同，改革開放、經濟發展，經濟理念的變化，南方的確比北方先行了一步。

由於機場發生的事提高了警覺，張勝沒敢在大飯店入住，而是找了一家路邊小店，連身分證都不用驗的，入住後洗了個澡，又出去吃了點飯，然後便回來蒙頭大睡。

等到夜幕降臨的時候，張勝再次踱出了酒店，搭了輛車直奔學院東路金利花園。這裏是高檔住宅樓群，周圍都是林立的高層建築，張勝到了金利花園，在鄰近學院東路的二號樓停了下來。

像一個尋常散步的住戶一樣，張勝慢悠悠地踱了幾圈，見沒人注意，便悄然上了樓。三棟四樓，當找到文哥所說的那個門牌號碼時，張勝看到門上有淺淺的一層灰塵。這樓有物業按時打掃的，不過常年無人居住的房子，從細微處還是可以看得出來。

他的心怦怦地跳起來，看看四下無人，便把手心裏攥得出汗的鑰匙插了進去。看到這裏的情形，他還真擔心那門鎖經過了這麼久都銹蝕得打不開了，還好，雖說那鎖有些澀，但是活動了幾下，還是擰動了。

鎖開了，張勝立即閃身進門，門關上，屋裏暗了下來。張勝站在黑暗裏，靜靜地站了有三分鐘。

昏暗的光線下，一間寬闊的客廳，沙發、電視、酒櫃、屏風、牆上的寶劍掛飾，這一切包括地面，都蒙上了一層即便在昏暗中也肉眼可辨的灰塵。那一切佈設也許當年還算上檔次，可是在一層灰塵蛛網的覆蓋下，透出幾分破敗與淒涼來。

張勝屏息走進去，這是套三室兩廳的住房，在一九九二年的時候，或許是富有之家才能買得起的房子。但是以文哥的派頭，這絕不會是他日常的居處。如果是他日常住的地方，必然為警方所注意，也許，這裏早就遭到搜查了。

「這裏會不會是文哥偷會情人的地方？」張勝心中暗想，隨即又啞然失笑：「怎麼會，就算他與情人幽會的地方，也不會這般『寒酸』吧，況且，那種地方也不會放重要的東西才對。」

他平靜了一下呼吸，然後閃進了臥室，厚厚的窗簾拉著，外面沒有一絲光透進來。張勝見了，放心地按開了燈，臥室的床、梳粧檯，都像是日常有人居住一樣，該有的應有盡有，只是同樣一片破敗。

張勝走到床前，端詳了一下，然後俯下身去，推動了大雙人床。

雙人床從地板上滑開，一窩受驚的老鼠吱吱尖叫著從床底嗑壞的地板洞裏爬出來，倉惶四躥，把張勝嚇了一跳。

他定了定神，繼續推動臥床，再把沉重的床頭挪開，牆上蛛網灰塵密佈，張勝隨手扯下被老鼠咬得破爛不堪的床罩，在牆上劃拉了幾把，定睛看去，牆面的底子是白的，平坦一片，什麼都沒有。

張勝心裏一驚：「莫非有人捷足先登，早把東西取走了？」

「不，不對，如果是這樣，他沒必要把東西還原，還把牆壁壘起，重新粉刷一遍。」

張勝想了想，蹲下去用手指輕輕地敲著牆面。

當他敲到原來床頭正中的位置時，發出了「空空」的聲音，聽聲音，應該頂多就是一層塗了白漆的薄木板。張勝心裏一喜，握緊拳頭使勁捶了兩拳，見使不得力，乾脆站起來狠狠一腳踢去。

木板裂開，露出了封住洞口的痕跡。張勝蹲下去，把手指伸進裂開的縫隙使勁撬了兩把，一塊薄木板被扳了下來，露出裏邊一個二十寸電視機畫面大小的洞口，洞口內一拳深的地方，鑲著一台小金櫃。

張勝屏住呼吸，默念著金櫃的密碼「二十三、四十一、三十九，右一左二右三……」這串數字他已經背了下來，在匯金公司時他就使用過小金櫃，這時擰動起密碼鎖來並不陌生，當最後一個數字對上時，他握住了舵盤似的把手。

向左一擰，沒動，再向右一擰，「轟」地一聲，鎖開了。

徐徐向外拉，金櫃裏的東西呈現在他的面前。

與張勝設想的不同，他本以為這小金櫃內堆滿了鈔票或重要文件，可是一拉開金櫃的門，燈光下，首先映入眼簾的是一排耀眼的金光，片刻之後，張勝才意識到碼在那裏的是一根根金條。大約有二十根金條，再往裏，才是碼得整整齊齊的鈔票，鈔票也不多，大概只有四塊磚頭摞起來那麼高。

張勝急忙從床罩上撕下一塊比較完整的布料，疊成四四方方的一塊鋪在地上，把沉甸甸的金條放在上面，然後掏出鈔票。上面兩疊全是一百面額的美元，而下面厚厚的兩大捆卻不像是鈔票，看上面印刷的畫面風格，應該也是美國的，印刷的面額是一千。

「莫非這是千元美鈔？美元有這麼大面額的鈔票嗎？」張勝奇怪地想。

其實美鈔固然有一百面額以上的，但是大於一百面額的是不在市面流通的，只作為銀行與財政部之間的流通之用。這兩大捆實際上是美國公債，張勝自然沒有見過。不過粗淺一算，光是這二十根金條和這些美鈔，以及可能是千元大鈔的鈔票加起來就有上千萬之巨。

「也許，這是文哥本來用作東山再起的資產吧，他現在已經確定無望出獄了，所以希望我把它取出來，交給他的家人。」

張勝想著，把這一堆東西全放到布面上，這時他忽然又發現保險櫃最裏邊還有一個黑色的小盒子，因為盒子顏色暗、光線也暗，剛才竟未注意。

他連忙取出來，輕輕掀開盒蓋，一道道璀璨眩目的光彩騰然而出，奪人眼目。

張勝吃驚地看著那盒子，盒子分上下兩層，用精巧的支架撐著，隨著盒蓋開啟的幅度，兩層鋪著絲絨的層面錯開，上面一層，是純淨透明近乎無色的十顆大鑽石，下面一層，是十顆紅色、粉色、綠色、藍色的彩色鑽石，瑞氣千條，目迷五色。

有人說，鑽石是女人的最愛。色易守，情難防，鑽石越珍貴，換取的女人心分量越重。女人對男人的感情也許不因鑽石而生，卻能因鑽石而爆發。一顆鑽石，足以讓女人這種感性動物確信他是愛她的，然後決定為他奉獻一切，這個小小的晶體會讓女人覺得自己就是最幸福的公主。

電影《色戒》裏那顆「鴿子蛋」的出現，最終就改變了一個女人的心，從而改變了所有人的命運。

張勝是男人，男人不會因為鑽石美麗的蠱惑力而動心，但鑽石代表著財富，財富能動人心，尤其是男人的心。如果說一顆鑽石不能打動他，那麼一盒鑽石呢！

這麼大的一筆財富，即便張勝完全不懂行，也可以猜測到這些東西的總價值達千萬。第一次面對這麼一大筆財富，張勝的心禁不住「怦怦」地跳起來。

雖然這些東西卷起來並不大，大小僅像捆起來的一摞教科書，但是張勝抱在懷裏，卻有種重若山嶽的感覺。

不出所料，文哥果然不是等閒人物，按他所說，公司產業全部被查封，銀行存款被凍結，即便這樣，在一棟不起眼的住宅裏，他還能藏下如此龐大的一筆鉅款，當年是如何威風赫赫可想而知。

雖說這些財富足以炫花人的眼，炫迷人的心，但張勝並沒有動這筆錢的歪腦筋。受人之托，忠人之事。做人先立心，對他而言，不是通過自己的努力獲得的財富，用起來心裏永遠不會踏實。而一個背信棄義的人，永遠逃不過良心的譴責。

所以他只是坐在那兒，新奇驚羨地欣賞了一會兒鑽石，便把這些錢物小心地捆紮起來。看著這些東西，張勝心裏有一種很奇怪的感覺：雖說現在自己一無所有，但文哥能做到的、能擁有的，焉知自己將來有一天就不能同樣擁有？這麼想著，心裏倒是湧起了一股子豪情。

走在大街上的時候，張勝的心咚咚直跳，誰會想到他懷裏抱著的不起眼包裹裏，竟是可以一夜暴富的巨額財產？

他在路邊商店買了一個很結實的拉鏈帆布包，把包裹放進去背在身上，布包置於胸前，忐忑的心這才安穩了一些。

他搭了輛車先去了五馬坊。這裏是溫州第一街，據說東晉王羲之在此任官，庭列五馬，繡鞍銀勒，出則乘之，故名五馬坊，北宋時被列為溫州三十六坊之一。這裏是步行街，而且人流如織，張勝在這裏下車漫步街頭，感覺安全了許多。

在鬧市街頭行了一陣，看看沒有什麼可疑的人跟著，張勝這才打聽著路向紗帽河走去。紗帽河是著名的女人街，宋朝時稱作雙桂坊，清朝時改名為紗帽河，因為此處過去有一條河，兩端狹長，中間寬闊呈正方形，貌似古代的官員戴的烏紗帽。

在五彩斑斕、流光溢彩的夜色中走進紗帽河，青磚灰瓦花格窗，大紅燈籠掛滿街，整條街道都是這樣一些老建築，處處透著悠悠的古韻。街上店內隨處可見打扮入時、透著朝氣美麗的女人，風情萬種撲面而來。

流光溢彩的建築群中掩映著一些幽深的小巷，張勝走到這兒，問著路拐進了一條小巷，向小巷深處走去。這裏的建築群雖古老卻破敗，已經沒有保留價值，相信不久的將來就會拆遷重建了，張勝問著路，找到了一處青瓦屋簷的房子。

那是一幢老屋，斑駁的牆磚中頑強地擠出幾棵小樹的枝丫，屋簷瓦礫上還有幾株小草，如同一幅清新淡雅的水墨畫。老榕樹下，有幾個坐著板凳品茶閒聊的老者，穿著隨意，態度從容，說著張勝聽不懂的本地方言。

「大爺，你們好，請問周書凱是住在這兒嗎？」

一個端著小茶壺的老頭兒抬頭看看他，說了一句什麼，語速很快，張勝沒有聽懂，他又問了一遍，還是沒聽明白。正沒奈何，看到旁邊有一個舉著遊魚燈籠的孩子，便哈腰笑問道：「小朋友，請問這裏有位叫周書凱的人麼？」

小孩看起來大約小學四五年級，很機靈的樣子，他眼珠滴溜溜一轉，用普通話問道：「周書凱是誰呀？我不認得這個人，不過這兒只有一家姓周的。」

張勝心想：「這倒是了，現代社會，才是真正的雞犬之聲相聞，老死不相往來。鄰居間都不大熟悉的，叫名字自然沒幾個知道的。」於是轉而說出那人住址。

小孩恍然道：「喔，你說他呀，那個傻老頭兒就住那邊。」

他順手指向那處牆上長著小樹野草的老屋，舉著魚燈籠走過去，張勝忙自後面跟上，一邊問道：「傻老頭兒？為什麼這麼說？」

小男孩吐吐舌頭，說：「他本來就傻乎乎的嘛，說話顛三倒四，還喜歡自言自語。」

張勝看看那老房子，問：「這個人有沒有家人？」

「沒人呀，就他一個人住在這兒，天暖和的時候就出來曬太陽，天一黑就回去睡覺的。」

張勝走到門口，仔細看看釘在牆上的門牌號碼，果然與文哥寫給他的一模一樣。

「謝謝你，小朋友。」看著小孩舉著燈籠走開，張勝叩響了房門。

敲了好半天，房門才打開，裏邊的燈已經亮了，一個白髮蒼蒼的枯瘦老頭兒出現在門口，白髮蓬亂，目光茫然地看著張勝。

張勝也茫然看著他，這個老頭兒腳下穿著一雙拖鞋，穿了條褲衩，上身套了件外衣，衣服扣子繫岔了一個，領口第二個扣眼扣到了第三枚扣子上，也不知是不是匆匆爬起繫錯了扣子。最刺眼的是，他上衣口袋處縫了塊白布條，上邊用墨筆寫著人名和家庭住址。

「哦，請問您是周書凱周老先生嗎？」那人口袋上方縫著的布條明明白白寫著周書凱三個字，可是張勝實在難以相信如此貌不驚人，甚至好像有點什麼毛病的老頭兒就是文哥付以重任的人。

他是什麼人，文哥的長輩親人？這老頭兒會是他要找的人嗎？

「啊？啊！」老頭兒茫然看著他，愣愣地點了點頭：「周書凱？對，是我啊，你是誰啊？」他說著瞇起眼睛湊近來。

「哦，我出差經過這兒，您的一位晚輩托我來看看您。」

「哦，進來吧，進來吧，屋裏頭說。」老頭兒揮著手招呼他進來，然後把房門一掩，當先走進了堂屋。

張勝隨了進來，屋裏的陳設也是很古樸的那種，椅子、桌子的款式也很古老陳舊，桌子應該就是電影裏見過的那種八仙桌。

張勝和他隔著桌子坐了，微笑著說：「周老先生，您一個人住？」

「是啊，是啊，」老頭兒不知從哪兒摸出一個水煙袋，麻利地點上吸了起來，他點著頭，然後忽然又抬起來，茫然問道：「對了，你說你來幹啥，查水錶還是查煤氣？」

張勝一呆，吃吃地說：「我……我不是告訴您，是您的一個晚輩托我來看您的嗎？」

老頭兒聽了哈哈大笑起來，一拍額頭道：「對啊，對啊，你說我這記性，你貴姓啊，我的什麼人托你來的？」

「鄙姓張，是一個叫周文的人托我來的。」周文，是文哥寫給張勝的紙條上的名字，但是張勝相信這個名字如果不是文哥曾用過的名字，便是一個假名，因為好奇之下，他也查過幾年前的經濟大案，沒有一個叫周文的大老闆。

張勝說著，仔細觀察著老頭兒的神色，老頭兒一臉茫然：「周文……周文是誰啊？聽著有點熟，他是誰啊？」

張勝也有點發愣，老頭兒這狀態，他真不知道該怎麼接下去了，就在這時，房門又敲響了。

「進來！」老頭兒喊了一嗓子。

門開了，一個中年男子走進來，後邊跟著兩個年輕人，肩扛手提的走進屋來。

張勝和那老頭兒都站了起來，老頭兒直著嗓子問：「你們是誰啊？」

「周老師，我們是公司工會的，給您送米麵來。」那個中年人笑容可掬地說。

「哦，哦哦，放那兒吧。」老頭兒抓抓頭髮，也不理人家，一轉身進裏屋去了，把張勝和那三個人都晾在了客廳裏。

雙方互相看看，張勝笑笑：「你好，哦……周書凱先生是您公司的啊？」

那中年人看看他，說：「是啊，你是……」

「哦，我是東北的，出差經過這兒，他的一位晚輩托我來看看他。」

中年人釋然而笑：「哦，這樣啊。」

張勝指指自己腦袋，說：「請問你們是什麼公司啊？他的晚輩托我給他帶點兒土特產品，可是……周先生好像這兒不大好使？」

中年人苦笑一聲，說：「我們是珠寶公司的，周老師原來在我們那兒可是技藝精湛的老師傅，鑽石切割、鑲嵌的手藝那是獨一份兒，是這個！」

他蹺了蹺大拇指：「可惜啊，四年前退休以後，公司裏一時招攬不到手藝這麼好的師傅，還想返聘周老呢，結果不到一年的工夫，他卻得了老年癡呆。人啊，真是閑不得，一閑下來就容易得病。同志，我看你是白來了，東西撂下就走吧，就連他帶過的徒弟來看他，他都認不出人呢。」

正說著，老頭兒抓了一把錢從裏屋出來了：「一共多少錢啊？這些夠不夠？」

中年人苦笑連連地擺手：「周老師，不要錢的，您不方便，公司代您買些米麵，都從您工資裏扣的，不用再花錢。」

「什麼？不要錢？那怎麼行呢，拿著拿著，水費電費煤氣費，這些夠了吧。」

他一把把錢塞到中年人手中，中年人身後兩個年輕人吃吃地偷笑起來，中年人苦惱地撓撓頭，說道：「得得得，我派人給您老跑一趟，明兒把這些費都交了吧。」

他數數錢，遞給一個年輕人，說：「一共五百，明天給你半天假，給周老師把水電煤氣費都交了吧。」

那年輕人忍著笑說：「好，王主席，我明天一定辦好。」

「哎喲，王主席，你們工會來看我啊？」一聽年輕人的稱呼，老頭兒好像一下子什麼都記起來了，眼神也恢復了清明，熱情地和他打招呼：「你看看你們，我都退休了，在家也沒事做，還麻煩工會老來看我，快快，快坐。」

那中年人苦笑著道：「不坐了，不坐了，我們該回去了，周老師，您好好歇著，不用送了。」

「好好，哎，這地上是什麼東西呀？」

「這是大米，還有兩桶油。」

「哦，你說說你們，工作這麼忙，還來看我，真是過意不去。小夥子啊，你們把這油和米拿回去吧。」

兩個年輕人一聽連忙擺手：「不不不，謝謝您了，您留著自己吃吧。」

「嗨，我一個老頭子，自己住著，吃不了那麼多。你看看，都放到客廳來了，拿去吧，拿去吧。」

「不了不了，我們走了，周老師再見。」工會主席率領兩個小弟，被周書凱的迷糊神功打得落花流水，狼狽而逃。

老頭兒一轉身，瞧見張勝，立即親熱地道：「小夥子，你是工會的？哎喲，上班幾年了，我退休後進的公司吧？」

張勝咧開嘴乾笑兩聲，說：「是啊，周老師，哦……天挺晚了，我也得走了，你休息，好好休息，我明天再來看您。」

說完，他也急匆匆地逃了出去。

裏屋門簾兒一掀，一個矯健的身影閃了出來。

老頭兒臉上癡傻的表情不見了，他背著雙手，目光閃爍，若有所思地盯著半掩半合的房門：「他就是阿文選中的人？」

第九章

局中局

這麼貴重的東西，帶在身邊就是一顆定時炸彈，隨時可能惹禍上身。
張勝並沒有忘記在機場被人追蹤和接機口出現的那個便衣。
種種跡象表明，他在牢裏與文哥接觸密切，
出獄後又突然南下的行徑，很可能已經引起了警方的注意。
一著不慎，不但有負他人所托，而且自己還得因罪再次入獄，
現在如何是好？

張勝回到小旅店，一個帆布包就像燙手的山芋，放在哪兒都不放心，在屋裏折騰了良久，乾脆掀開被褥把它放到枕頭的位置，然後丟開枕頭直接睡到了上面。

張勝關了燈，雙手枕在腦上核計。這個周書凱人是不會錯了，肯定是文哥要他見的人，這人一定甚得文哥信任，甚至可能是他的本家長輩。

可是這個周書凱四年前退休，三年前患上老年癡呆症，而文哥至少被關押了五年，他根本不會想到自己認為最靠得住的人已經變成了一個健忘、神智混亂的老人，現在自己怎麼辦呢？

受人之托，忠人之事，他應該把東西交給周書凱。可是這個老人現在根本無法清醒地處理事情，這些鑽石黃金交到他手上，他會不會神智混亂到隨意拿去送人都不好說，以他健忘的性子，就是隨手扔到哪裏，後果也同樣難以預料，交給他，是一種負責任的做法嗎？

可是文哥遠在東北，而且被關在看守所裏，他在裏面逍遙得很，但是僅僅限於逍遙於法內，卻沒有能力逍遙於法外。他的電腦只能打打遊戲，沒法上網，他在獄中沒有手機電話，只能通過熟人會見時獲得一些外面的消息，自己現在無法與他取得聯繫。

這麼貴重的東西，帶在身邊就是一顆定時炸彈，隨時可能惹禍上身。張勝並沒有忘記在機場被人追蹤和接機口出現的那個便衣。種種跡象表明，他在牢裏與文哥接觸密切，出獄後又突然南下的行徑，很可能已經引起了警方的注意。一著不慎，不但有負他人所托，而且自己還得因罪再次入獄，現在如何是好？

不負責任而盡了責任的做法，就是把東西交給周書凱，但是張勝不認為這算是忠誠地履行了承諾。文哥要他把東西交給的人，不但是文哥極其信任的一個人，而且這人要能幫他把財產分配給他的家人，而自己現在交出去，只是求得個人心安，根本不算完成承諾。

不交出去，難道帶著這些東西坐火車回東北，徵得文哥的意見再說？不行，那樣太不安全，一個不慎，便是人財兩空。再說，文哥聽了，會不會產生別的想法？

張勝越想越是頭痛，他忽地又想到一個辦法：不知這個周書凱還有沒有家人，如果把東西交給他的家人……

不行，那樣也不行，文哥交代的資料太少，他和周書凱到底是不是一家人還不好說，如果周書凱的家人見到這筆財富起了貪念據為己有……

張勝煩惱地歎了口氣。

「如果……把這東西都留下，或者留下大半，以周老爺子現在的狀態也是說不清道不明，就算將來和文哥的家人對質，也照樣拿捏不住自己的把柄吧？」

秉承一個信念不肯逾越，能做到的人其實很多。就像槍林彈雨的戰場上，一咬牙舉起槍就玩命兒似的往上衝的戰士很多，但是在牢房中受盡種種折磨仍不屈服的，卻未必個個做得到。

如果條件許可，可以做到死無對證，永遠不會把陰暗暴露於別人面前的同時，有機會得到一筆巨額財富，仍能做到財帛不動心，那才是意志堅如鐵石，張勝做到了。

這個誘人的想法只是倏然一閃，掠過他的心頭，隨即便被他拋在了腦後。他可以破落，但不做錢的奴隸；他也想獲得財富，但不靠出賣靈魂來獲得。

尋思良久，張勝靈機一動，忽然想到他目前能想到的一個最妥當的辦法……

「喂，小同啊，唉，你這孩子，你都半年多沒來看姥爺了，你小時候啊，虧得姥爺這麼疼你。唉，我這大外孫子不孝順啊。」周書凱對著話機嘮叨，再次登門拜訪的張勝無奈地坐在一邊，等著老人說完。

「嗯，我知道你忙，單位效益怎麼樣啊？要是受人欺侮，就回家跟你媽媽做生意吧。店再小，也是自己當老闆，在單位混得再好，還不是給人打工？寧作雞頭，不為牛尾，懂嗎？」

「你上班幾年了，當領導了嗎？什麼，沒當？」老頭兒火了，像個孩子似的委屈地道：

「你說你辛辛苦苦這麼多年，要能力有能力、要資歷有資歷，怎麼就連個官兒都沒當……哦？當官啦？那還好……」

周老頭兒立即轉怒為喜，東拉西扯地又說了半天，東一下西一下很多都完全不挨邊，好不容易才心滿意足地撂了電話。

「呵呵，老爺子給家裏人打電話呢？」張勝趕緊陪笑道。

「嗯，呵呵，給我閨女打個電話。」

「啊？閨女？」

「嗯，是啊。」

張勝乾笑兩聲，暗暗一抹頭上冷汗，他隨口問道：「哦，她在哪兒上班啊？」

「上什麼班啊？他才大二，我這外孫子啊，功課可好著呢。」

「……」

張勝一臉挫敗，徹底打消了詢問他家裏人狀況的想法。

這老頭兒果然得了老年癡呆症，說話顛三倒四邏輯不清，記性差得離譜，想必他的家人接了電話也只是隨口敷衍，像哄小孩兒似的順口隨著他的問話瞎說。

這筆財物，不能就這麼交給他。想到這兒，張勝暗暗堅定了想法。

周老頭兒拿起水煙袋咕嚕了兩口，忽然抬頭問道：「對了，你是哪位啊，找我什麼事啊？」

張勝咽了口唾沫，便把事先編好的理由說了一遍：「老先生，您忘了啊？我剛剛不是說過了嗎，我是你家孩子的朋友，做生意的，路過這兒，要在這兒玩兩天。這挎包裏的東西比較貴重，要寄存到銀行去，可我不是本地人，辦理保險箱業務有點兒費勁，得麻煩您一趟，用您的名義存上，您拿著身分證，我掌著密碼，等取的時候，麻煩您老再陪我去一趟。哦！我出差前給您打過電話，您同意了的。」

「有這事兒？」老頭兒摸著後腦勺，點頭道：「有印象，有點印象，嗯，我想起來了。那……你要去哪兒存啊，遠不遠？」

「不遠不遠，您只要帶上身分證就成，就是紗帽河路口那家大銀行，咱們走著去就行，一會兒我再把您送回來。」

說到這兒，張勝提心吊膽地問：「您的身分證……還找得到吧？」

老頭兒一呆：「身分證，我平時還真不用那玩意兒，我找找。」

他衣兜褲兜內兜外兜一通翻，找出一堆東西放在桌上，裏邊赫然有張身分證，結果他卻愁眉苦臉地說：「你看看，這歲數大了，記性就是不好，我進屋找找去。」

「別別別。」張勝連忙攔住，拿起那張身分證和他比對了一下，如釋重負地說：「這不在這兒嘛，您揣好，咱們這就去，您看行嗎？」

「好，好好，今天天氣好，咱們出去曬曬太陽。」老頭兒步履蹣跚，還順手抄起了一個小板凳。

張勝哭笑不得地陪他出去，連哄帶勸地騙著這老小孩兒沿小巷向外走。這裏一溜兒七扭八歪的小平房，大多是老式建築，在那熱鬧喧囂的女人街不遠處，這條巷子卻異常寧靜。

張勝斜挎著帆布包，一手揣在褲兜裏，用胳膊夾緊了帆布包，另一隻手攙著周老頭兒，慢慢向巷外走。

小巷裏有許多彎彎曲曲的羊腸小路，不過來往的行人不多，張勝攙著老頭離開他的住處不到一百米遠，突然肩上一緊，幾乎被人扯了一個跟頭，周老頭兒被他一帶，「撲通」一跤摔在地上。

張勝踉蹌站住，扭頭一看，只見一個小青年正死死扯住他的挎包。

「搶包的！」這個念頭電光火石一般閃過他的心頭。這包裏放的可不是手機鑰匙和幾百元錢啊，那可是能讓人一夜之間變成人上人的一筆鉅資啊，張勝急忙扯住包帶，狠狠一拳擊去。

「哎呀！」那小青年被他打個趔趄，這時從小巷裏又躥出兩個青年，和方才那人一起對他拳打腳踢，張勝雙拳難敵六手，被他們打得節節敗退，一跤摔在地上，再無還手之力，那包被他們一把扯下。

張勝目眥欲裂，他掙扎爬起，搶包的人已腳步飛快，閃了幾閃，就消失在那一片七扭八歪的平房建築群中。那是百姓違章私建的院牆、廁所、小倉庫，到處占道，弄得小巷猶如犬齒，忽寬忽窄道路不直，裏邊又四通八達猶如蛛網，人跑進去片刻就不見了蹤影。

另外兩個流氓拖延了一會兒，一見同夥成功跑掉，打個呼哨，也分別躥進了不同方向的里弄。張勝失魂落魄地爬起來，一顆心就像沉進了萬丈深淵，臉上已不見半點血色。

張勝咬牙從地上爬起來，發狂般地往巷口追去，跑到分岔口，卻只見巷陌深深，哪裏還有劫犯的人影，一時覺得天昏地暗，拳頭狠狠地往牆上砸去。

從指間傳來的疼痛感讓張勝一下子清醒過來，驀地想起周老爺子還摔在地上，得趕緊回去看看。

張勝轉回巷道裏，果然看到周老爺子還一屁股坐在地上，忙上前把他扶了起來，連聲問道：「老爺子，你沒事吧？」

周老爺子摸摸自己的小板凳，一臉茫然地問道：「咱們不是出來曬太陽嗎？哪個小雜種把我撞倒了？這樣不懂禮貌的小子，真該好好教訓一下。」

張勝強忍住心裏的悲苦，只得順著他的話說：「哦，是一個騎車的小夥子不小心把你撞倒了，我想追沒追上……老爺子，你沒事吧？」

周老爺子拍拍屁股，摸摸身子，道：「還好，老頭子我身子骨硬朗，好像就屁股有點疼……哎，你叫啥來著？我們這是出來幹啥了？」

張勝心裏苦不堪言，只好說：「老爺子你剛才摔了一跤，我還是扶你回去歇歇吧。」

「不曬太陽了呀？」周老爺子望著手裏的小板凳，有點戀戀不捨地問。

張勝好說歹說，總算把周老爺子扶回屋裏，安頓好之後就想離去。周書凱忽然叫住了他：「小夥子，你是不是生病了？看你這小臉煞白煞白的，怪嚇人的。」

「我……我只是有點兒水土不服，鬧肚子。嗯，鬧肚子。」張勝說完這句話，趕緊出了門，一走出周家院門，兩行悲苦的淚禁不住流了下來。

他一出去，周老頭兒迷茫的眼神又恢復了清明，像個老頑童似的嘿嘿一笑，轉身溜進了裏屋。

靠後窗戶放著一張民國時的老花梨陽回紋的插角畫桌，桌上放著一個帆布包，包前堆著裏邊翻出的東西，周老頭兒瞇眼一笑，問道：「都不缺嗎？」

「簡單清點了一下，數目都對，只那鑽石我可不認得真假，得您老鑒別。」

周老頭兒在桌前坐下，打開盒子，用兩指拈出一顆晶瑩剔透、紅若朝霞的彩鑽，瞇著眼瞧了半晌，才幽幽歎了口氣：「這顆紅鑽，還是我當初親手切割拋光的，呵呵，現在看起來，它還是那麼光彩奪目。物是人非啊，我老了，阿文倒了，呼啦啦似大廈傾，昏慘慘似……唉！」

從張勝那兒搶來的帆布包中取出的東西，美鈔、公債、黃金、鑽石，目迷五色，彩光斑斕，堆滿了一桌子，就連周老頭兒看著，都不禁屏住了呼吸。

「你知道嗎？鑽石從地底深處被採掘出來的時候，並沒有光芒，它們看起來就像一塊塊黯淡的明礬，毫無光彩，也不出眾。」

周老頭兒從不同的角度欣賞著那枚鑽石的光彩：「一般人可能並不知曉，一顆鑽坯看起來並不起眼，必須經過仔細的切磨、加工，才會成為我們所慣見的閃爍生輝的鑽石。每一顆璀璨的美鑽都凝聚了首飾匠的無盡智慧，是他們賦予了鑽石真正的生命。」

小夥子微笑道：「老爺子是此道行家，我是門外漢，要不是您說，我還真以為鑽石一挖出來就是那個樣兒。呵呵，明礬的模樣？這要是我在山裏挖到一塊，一定隨手扔掉了。」

周書凱微微一笑：「原鑽也不是挖出來就件件可用，首先還要選型，要準確判斷哪一顆原鑽才是可塑之材，通常只有一半的原鑽會被選中。接下來，就是琢型的設計，它應該有幾個面，怎樣才能最大限度地散發出光彩？」

「這些都要考慮良久，琢型之後，接下來的切割、打磨和剖光，更是絲毫馬虎不得。一點疏忽，都會毀了一顆美鑽的未來。極品的鑽石，由幾名技藝最精湛的技師，耗費幾個月甚至數年的時光來琢磨，但是……值得的，當它展示在世人面前時，你會知道，它獨一無二。」

他說到這兒，蹙了蹙眉，歎道：「對付一個老年癡呆的人很簡單，況且昨天有許多人可以證明他來過，如果他想把財產匿下，大可編造理由說昨天已經把東西交給了我。今天，他既然來了，還把這些東西又帶了來，若依我看，品性這方面，也就沒什麼問題了。」

「看他這兩天辦事，也算小心謹慎，若不是他對我這個指定的接收人沒有戒心，被我們以有心算了無心，他也不會吃了大虧。嗯……忠於承諾，難得；不輕易卸責，難得；財帛不動其心，難得；內不欺己，外不欺人，上不欺天，難得；忠人之事，我覺得，這一波三折的考驗已經夠了，今天這一齣，對他有點殘酷。」

小夥子抿了抿嘴唇，歎道：「文哥說，每一個君王的登基，都要慎之又慎。尤其是他的王國，需要的不是一位守成之君，而是一個能臨危不亂、力挽狂瀾，有魄力、敢擔當的繼承者，不能不小心。」

周老頭兒搖搖頭：「千軍易得，一將難求。阿文太苛刻了些，萬一這最後一關他過不去，是他的損失，對阿文來說，何嘗不是？」

小夥子聞之默然。

第十章

一計三連環

張勝沒有想到的是，這一切正是文哥布的局，除非他不是文哥需要的那個人，
如果是，那麼這個局一計三連環的最後一環考驗，
除了考驗他能不能勇於承擔責任，有沒有擔當，
另一個作用就是逼他自陷絕境，除了投身證券業再無其他選擇，
可謂一石二鳥。
文哥需要的他，應當是一個能呼風喚雨、興風作浪的冒險家，
而不是一個循規蹈矩，發不了大財、也倒不了大霉的土財主、小老闆。

張勝一夜未睡，他沒有想到千小心萬小心，最終還是出了大岔子。殊不知意外意外，若是事先想得到，又怎麼能算是意外？

他沒辦法報警，此時也沒辦法對周老頭兒再言明真相，一切都已經晚了。把老頭兒送回去，張勝失魂落魄地返回了住處，他一夜未眠，熬紅了雙眼。又愧又急之下，急火攻心，嘴上都起了水泡，鬍渣滿面，飽受精神的折磨。

他自認沒有做錯，就這麼把錢丟給一個生活不能處理、神智時常處於混亂狀態的老人，算是盡到了責任嗎？錢又不能丟在旅館裏，他自己的行蹤也見不得光，在本地更沒有什麼親戚朋友，本想儘快存入銀行保險箱，然後返回東北把事情向文哥說一遍。

以老人那健忘的性子，恐怕他轉眼就會把此事忘記。不過他有身分證，張勝掌握密碼鑰匙，這就是一種相互制約，沒有他在，張勝獨自一人取不出這筆財富；他是文哥指定的接收人，但是他如果獨自一人去取，沒有密碼，就算掌握著鑰匙，以掛失封箱重新辦理手續的條件，沒有半個月時間也休想把東西取出來，這段時間足以讓張勝獲知文哥的意見了。

可是，萬萬沒有想到……竟會被搶包的害了，來時只聽說廣州搶包的十分猖獗，怎料這裏竟會有人盯上他這看似毫不起眼的帆布包？

事已至此，他不能推卸責任。張勝已預見到，一旦文哥聽到這個消息，絕不會再相信他，一定會認為是他見財起意，藏下了這筆鉅款，他不止會恨自己入骨，甚至會想辦法要自己的命。

但是，張勝既不能逃之夭夭，也不能利用周老頭兒的健忘和愚傻謊稱東西已經交給了他，把責任推到他的身上。錯了就是錯了，哪怕被人當成一個無恥小人，哪怕此去等待的是死亡之旅，也必須給人家一個交代。

「現在，我們為您示範安全帶的使用方式……只要將金屬扣插入，然後拉緊即可。」很巧，乘坐的還是那個「不許在手機上打飛機」的空姐的航班，她正面帶職業化的微笑，拿著安全帶做著示範動作，但是張勝神思恍惚，已經無心欣賞她的美麗了。

飛機在平穩飛行階段，備餐室裏，兩個空姐準備著食物和飲料，其中一個說：「小愛，今天怎麼了，心情不好呀？那些難應付的客人，你不能得罪，一個不好就要扣獎金的。」

唐小愛悶悶地應了一聲：「嗯。」

那個年紀稍長的空姐扭頭看看她，忽然貼近她的耳朵，輕笑道：「到底怎麼了，是不是……那個來了？」

唐小愛快快不樂地說：「來了就好了，就是因為沒來……」

「啊！」那個空姐連忙捂住嘴，偷眼向外瞅瞅，壓低嗓門兒問：「不是吧？你有了？」

唐小愛扁扁嘴：「可能……」

「真是不小心，跟他說了嗎？」

「我也剛發現，還沒跟老徐說。」

「那……」

這時門簾拉開了，乘務長站在門口催促道：「你們兩個快一點兒。」

兩人連忙停止談話，推著準備好的餐車走了出去。

「你好，請問喝點什麼飲料？」

「你好，請問……」

張勝抬頭看看飲料車：「有酒嗎？」

唐小愛怔了怔，一般來說，北方人乘飛機喜歡喝點啤酒，南方人基本是喝飲料的，所以啤酒她沒有備在車上。她隨即說道：「請稍等。」然後快步向備餐室走去。

片刻的工夫，唐小愛拿了罐啤酒回來。

「謝謝！」張勝啟開罐口，狠狠地灌了一口。唐小愛已經不記得他了，她推著餐車繼續向前走去。

當她推著飲料車又走回來時，張勝遞過了一個空罐：「謝謝，請再給我一罐。」

「先生，在飛機上不能飲酒過量……」

「哈……」張勝臉上殊無笑意，淡淡地道：「一罐啤酒，醉不死人的。」

唐小愛瞟了他一眼，接過空罐再度向備餐室走去。

「唉！要是真醉死了，倒也一了百了。」張勝喃喃地說著，扭頭看見唐小愛向他走來，手裏拿著一罐啤酒，他道了聲謝，接過來開罐又狠狠灌了一口。

兩罐啤酒下肚，因為喝得急，張勝兩眼有些懵然，他怔了一會兒，想考慮見到文哥時的說辭，偏偏腦子裏空蕩蕩的，什麼也想不起來。

無意識地揉捏著自己的手指，緊張地摳著指甲，他實在想不出見到文哥時該如何開口。這個人已經成了犯人，他費盡心機的棺材本被自己這個付以信任的朋友弄丟了，要張勝如何開口？

「呀！」張勝輕輕痛呼了一聲，他用拇指摳著另一隻手的指甲，不小心撕得力度大了些，指甲斜斜入肉，這一下沒把指甲扯下來，卻一直裂到了肉裏。

他抬頭看看，招手喚道：「小姐。」

了。」

唐小愛應聲走過來，警惕地看著他：「先生，方才我已經為您破了例，酒不能再喝了。」

張勝苦笑一聲：「我不喝酒，我是想問，哦……你有指甲刀嗎？」

唐小愛一臉鬱悶，翻了他一個白眼，說：「先生，您當我是小叮噹啊……」

「唉，沒有就算了。」張勝意志消沉地說。

唐小愛看看他，輕輕撇撇嘴，轉身走開了，一會兒工夫，拿著一個指甲刀送回來，冷冰冰地說：「這是我自己的，借你用。」

「謝謝。」張勝搖搖頭，「不用了。」

他舉舉手指，苦笑道：「我自己咬下來了。」

飛機的行程時間並不久，張勝百無聊賴地坐在飛機上，始終想不出一套得體可信的說辭。當他站在地面上的時候，茫然站了許久，拿著電話想打給家裏，想想又放棄，想打給鍾情，終是也沒有提起勇氣，最後他鑽進一輛計程車，只簡短說了一句話：

「去市第一看守所。」

重新站在這裏，他的身分已不是犯人，可是張勝的心裏，不像是正在等著會見一個犯人，卻像是等著對他宣判裁決的法官，他的雙腿緊張得都有些發抖。

「勝子，你回來了！」

文哥施施然地走了進來，見到他，雙眼閃過一抹歡喜的光，步伐也加快了。

「文哥！」張勝連忙迎上去，隔著兩步遠，再無勇氣走近去，黯然低下了頭。

這裏不是隔著鐵欄的會見室，由於文哥的特殊能量，他們相見的地方是一間審訊室，中間沒有隔斷，旁邊也沒有人監控他們的言行。

文哥見此情形，眼角微微一跳，臉上仍保持著微笑，但是語氣已經淡了下來：「勝子，怎麼了？」

「文哥，我……有負所托。」

文哥臉上的笑漸漸隱去，臉上隱隱騰起一種酷厲的殺氣：「出了什麼事？」

張勝沒有勇氣抬頭，他感覺到眼前的文哥好像突然變成了一座冰山，森厲得可怕。

「文哥，我到了那裏，按你說的，找到了裏面的東西……」

「繼續！」

「那些東西太貴重了，我沒敢帶回旅店，所以馬上就去找周書凱周老先生。但是到了那裏，我卻發現，周老先生已經……他……患上了老年癡呆。」

文哥皺了皺眉，臉上神色稍緩：「老年癡呆？」

「是，他四年前從珠寶公司退休，三年前就患上了老年癡呆症，我去見他的時候，他的病況已經很重了，記憶力奇差，熟人也常常記不起來，說話語無倫次，辦事毫無邏輯。您交代給我的事情，是要我把東西交給他，但是他那副樣子，這些貴重的東西，我實在無法冒險給他。」

文哥臉上神色緩和下來：

「這樣啊……他患了老年癡呆？沒想到，我真的沒想到……」

一隻穩重而又充滿了友情的手搭上了張勝的肩膀，輕輕一拍，安慰道：

「原來你是說這個呀，你做得沒有錯，這種情形下，東西是不能交出去的。呵呵，看來我是寶刀未老，慧眼識人吶，東西呢？」

張勝的臉抽搐了一下，慢慢抬起頭來：「東西……被人搶走了。」

文哥怔住了，像石像一般站在那兒，臉上的表情還沒有變，但是臉色已肅殺如秋霜。

張勝也沒有動，他咬了咬牙，低低地說：

「我不能帶著那些東西回來，太不安全，而且……我說不清。所以……我想把東西存進銀行保管箱，我帶了他一起去的，想用他的身分證存起，然後回來問你進一步的決定，但是……我碰到了一夥搶包的……」

話終於說完了，張勝繃緊如弓弦的身子也終於放鬆下來，坦然面對著文哥，輕輕地說：「事情……就是這樣，我沒說謊。」

文哥凝視著他，眼中漸漸露出一絲譏誚的笑意，那譏誚、冷漠和輕蔑，刺疼了張勝的心，他忽然臉色漲紅，低吼道：「我沒說謊！」

搭在肩上的手漸漸滑下去，文哥轉過身，一步步向房門走去。

「你如果不信，儘管殺了我吧！」張勝衝動地叫，被人冤屈、有口莫辯的滋味真是最難受的一種情感，那痛苦比最心愛的人離去還要深刻。

文哥頭也不回，他只擺了擺手，淡淡地說：「殺人，如果不能解決什麼問題，那又何必殺人？」

「我無法找回那筆錢，但我不會推卸責任！」張勝的話說得擲地有聲，文哥站住了腳步。

「我在橋西開發區三家廠子裏還有些股份，可以全部轉入你的名下！」張勝忍痛說道，「還有，除非我張勝這一生就此沒落，否則，我欠下的債，早晚會還。一言諾之，一生守之！文哥，請相信我！」

文哥霍然回頭，炯炯有神地盯著他。

許久許久，他臉上的神色從容下來：

「勝子，不信一個人很容易，信一個人卻很難，尤其是你這樣離奇的理由，我不得不懷疑……」

張勝的神情又激動起來。

「不過，現在我選擇相信你！」

「文哥！」張勝眼中一下湧出激動的淚水，淚光瑩然地看著他模糊的身影。

文哥重又走回來，搖搖頭說：

「錢財身外物，有，固然好，沒有，也就罷了。是你的終究是你的，不是你的就是費盡心機也拿不走。你的那些股份，我不要，這趟溫州之行，你當沒有發生過好了。」

「不，能還你的，我先還你。還不起的，我先欠著，文哥，等我準備好了，我再來。」

張勝說完，抱了抱拳，一轉身便走了出去。

他前腳出去，後面文哥笑笑：

「先做人，後做事。做人看品性，做事看能力。他的品性是經得過考驗了，現在要看看他有沒有靈性，是不是這塊材料了。」

張勝來到水產批發市場的時候，已經散市了，只有三三兩兩的散客還在大廳裏晃悠，希冀買點便宜貨。

地面上到處扔著魚的內臟和一些死蝦，清掃工還沒開始清掃，商販們有的聚在一起討論今天的行情，有的獨自在整理貨品，張勝踮著腳在腥臭的空氣中向前走著。

鍾情也正在市場裏轉悠著，只要有暇，她就會在市場上走走，而每天開市散市的時候，她更是一定會出現，這還是跟著張勝學到的習慣，以前張勝在匯金公司的時候，每天早晚必定巡視全公司一圈，鍾情時常陪著，便也養成了習慣。

而這習慣，張勝卻是學自張二蛋。商場上風風雨雨，風雲人物一代代起落，無論是功成名就還是折戟沉沙，很快淪為歷史的泡沫，但是他們優秀的一面，總是會通過種種途徑、種種方式傳承下去的。

「勝子！」鍾情一轉身，就看見端著胳膊正欣賞地看著她的張勝，不由喜出望外，幾乎馬上就要忘形地撲過去，撲到他的懷裏，好在她及時清醒過來，站住了身子，深情地望了他一眼，扭頭對身邊一個工作人員吩咐幾句，這才款款走到張勝身邊。

她雖儘量掩飾，但那步態神態，還是透出了幾分小女人的味道，方才的女強人形象蕩然不見。兩個人並排向後面的辦公樓走去，鍾情滿心歡喜地說：「什麼時候回來的，怎麼沒打電話給我，我好去接你呀。」

張勝笑笑說：「不用了，我搭車一樣回來。你這裏比較忙，咱們還用那麼客氣？」

鍾情聽了心裏一甜，她掠了掠鬢邊的髮絲，含羞帶笑，沒有說話。

「回過家了麼？」鍾情端著一杯香氣撲鼻的龍井放到張勝身前的茶几上，溫柔地笑問。

「還沒。」張勝一拉，鍾情便坐到了沙發上，溫順地貼著他的身子。

「我已經長大了，父母越老，越希望兒子能陪在身邊。而兒子長大，卻希望能離開父母的羽翼到更廣闊的地方拚搏一番。有時候怕父母嘮叨，寧可不回家，殊不知那只是父母親的關心。等到兒女有耐心聽父母的嘮叨時，卻很少有機會聽到了。」

張勝大發感慨：「我想在我父母眼中，會覺得我比弟弟有出息。但是有出息的定義是什麼呢？像弟弟那樣活著，或許才是幸福，對父母來說才是最好的回報。我弟弟現在搬回家裏，還給爸媽生了個可愛的小孫女，他能照顧父母，小孫女給他們帶來快樂，而我追求的事業到底為了什麼，連我自己都迷茫了。」

「勝子，怎麼了？是不是去南方的事不太順利，怎麼大發感慨的？」鍾情溫柔地輕撫他的額頭，關切地問。

張勝輕輕抓住她的手，低聲說：

「鍾姐，男人是這樣，女人更是這樣，你有沒有想過把父母接到身邊，再找個情投意合的男人嫁了，平平靜靜地過日子？」

鍾情定定地看著他，臉色慢慢發白，聲音也有點發顫：

「我就知道……總有這麼一天，只是沒想到來得這麼快。你……你找回小璐還是若蘭，要趕我離開了麼？」

張勝一呆，隨即苦笑道：「你想到哪兒去了，我只是……有感而發而已。」

鍾情淚光瑩然，快要哭出來了，聽他這麼說才放心，有些委屈地說：

「我的父母和弟弟生活在一塊兒呢，每年我會回去陪他們一段時間。在這裏，我過得很好、很充實，而且……」

她咬咬唇，略現幾分羞意：「我已經有了你，知足了，其他的……我已經不想了。」

「鍾情，你知道嗎，我可是一無所有了。」

鍾情有些著惱：「你又這麼說……」

「這次是真的。」

張勝打斷她的話，笑了笑：「我在三家公司、廠子的股份，很快就要轉移到別人名下，我欠了人家一筆很大的債。」

鍾情的臉色凝重起來：「你快告訴我，到底是怎麼回事？」

張勝搖搖頭，疲倦地說：「我不想說了。」

「好，不說便不說吧。」鍾情見他情緒不佳，忙哄著他說。她頓了頓，又問：「把你名下的股份全轉過去，還差多少？」

「唔……匯金公司都在的時候，恐怕總資產也不夠還的。」

鍾情一聽，眼神黯淡下來。她本想如果差得不多，大不了把水產批發市場全盤給人家，替他把債還清了，這一來就沒了希望。

「我今天來是要把股份轉出的消息告訴你，你是大老闆，有權知道。我還得去知會胖子和黑子一聲，我走了。」

「嗯，早去早回，晚上吃點什麼？我給你做。」

「晚上？」張勝詫異地站住了：「你沒聽明白嗎？我現在已經什麼都沒有了。」

鍾情先是一愣，然後漸漸恍然，雙眸中湧起一團怒火，嗓音也僵硬了：「張勝，你什麼意思？你當我是什麼人，你當我圖你……」

張勝嚇了一跳，連忙道：「別別別，我啥也沒說，吃螃蟹，吃螃蟹好了。」

鍾情見他的反應，忍不住「噗哧」一笑，她恨恨地瞪了張勝一眼：「美得你，我吃螃蟹肉，你吃螃蟹殼吧。」

張勝心中感動，入獄前後，世間的人情冷暖他體會得太多了。世態炎涼，鍾情跟他無名無分，原來還好說，現在他真的是一無所有了，而鍾情如今呢？相貌美豔無方，又是一家公司老總，人家能沒點兒想法？

想不到，這個感情路上歷盡坎坷的女人對他的感情真的是純淨如水晶，完全不含一絲雜質，他心中暖洋洋的，只是男人的本性使然，他感念在心中，卻不肯說出來。

鍾情不想再難為他，她把車鑰匙扔給張勝，哼了一聲道：「喏，快去快回。」

那感覺，很有種既強勢又關心老公的女人味，張勝深深凝視了她一眼，轉身走了出去。

晚上六點，張勝回來了，重新回到鍾情的房間。

這間臥房緊挨著鍾情為他佈置的那間辦公室，房間很大，有洗浴間、廚房、餐廳、臥室和陽台。張勝回來時，鍾情穿著短衫短裙，繫著藍底白花的圍裙還在廚房裏忙碌著，桌上已經擺了滿滿一大桌子菜，中間一個大盆，上邊扣著張報紙當蓋兒。

「回來了。」一見張勝回來，鍾情舉著鍋鏟笑盈盈地迎了出來。

「很有一種家的溫馨……」張勝心中暖洋洋的：「別忙了，這麼一桌菜，哪吃得了。」

「吃不了，那你留下來明天繼續吃呀，明天再吃不了，那就後天……」鍾情以手背掩唇，笑得又媚又甜。

張勝被她笑得心中一蕩，幾乎便要答應下來。

那風情味道，厲害呀！

溫柔鄉是英雄塚，若不是因為還欠著文哥一筆還不清的債，不用非常手段根本賺不回來，經過這麼多打擊磨難的張勝說不定真的答應下來，她每天做，他每天吃，吃吃做做，做吃吃，日復一日，年復一年，就和這溫柔嫵媚的美婦人開起夫妻店，知足常樂了。

熱氣騰騰的紅燒魚上了桌，掀開扣著蓋的大盆，裏邊是紅彤彤極其誘人的大閘蟹。鍾情解著圍裙，笑盈盈地在對面坐了下來：「喏，這是黃河口的大閘蟹，膏黃很足呢，嘗嘗看，那個小碟裏是醋。」

兩個人對面坐下，張勝拿起筷子，看著對面坐著的鍾情，半天沒有下箸。

兩人面前，一人一隻高腳玻璃杯，杯中已斟滿紅酒。鍾情伸手拈起一隻螃蟹，欠著身正要放到他盤中。

紅的酒、紅的蟹，映起淡淡的紅光，染了她的紅顏。柳眉兒彎彎，杏眼如泉，嫵媚中透著嬌豔。

望著她的臉，張勝忽然發現她怎麼看也不像快三十歲的女人，也許美麗可以讓人忘記歲月的滄桑，同時也可以喚醒某種心底深處的柔情。

想想兩人相識以來種種，唯有她和自己之間沒有什麼轟轟烈烈的感情，她對張勝的付出，是一涓一滴如潺潺流水的，但是不知不覺間已注滿了他的心田。

這一刻在張勝的感覺裏，她只是一個純粹的美麗可人的女人，鍾情不再是鍾情，鍾情就是鍾情。

鍾情被他看得有些不好意思，或許是他眼裏有種特別的東西讓她難為情了，她白了張勝一眼，藉掩羞意：

「怎麼啦，又不是沒看過，怎麼這樣看我？」

「唉，我是想，若得妻如此，一生也該知足了。」

張勝這句話一出口，鍾情整張臉上就立即煥發出一種異樣的神采，那一剎那的神韻，令人驚豔。她望著張勝的眼睛，她的眼睛裏也有一種特殊的東西，讓人見了怦然心動。

許久許久，鍾情恬淡一笑，臉上的神采黯了下來：「你呀，別開玩笑了。」

張勝動情地握住她的手，低低地說道：「我說真的呢，只要你點頭。」

鍾情低著頭只是笑：「吃菜，喝酒。男人呀，真是的，衝動起來像個孩子。」

張勝再次說道：「我是認真的。」

鍾情還是不抬頭，眼淚在眼眶裏打轉，嗓音柔柔的令人聽了心裏發酸：「別傻了你。你肯，我也不肯。」

「鍾情……」

「這樣跟著你，挺好。真要是嫁給了你，我的事早晚會被你家人知道，到那時我如何面對他們？你的家人會原諒我麼？」

張勝聞言不禁語塞。

鍾情把螃蟹往他手裏一塞，縮手拈杯，兩滴淚便滴進了酒裏。酒液蕩漾，漣漪方起，便被她飲入口中，抿了痕跡。

一頓飯吃完，因張勝動情的一句話引起的感情波瀾才平靜下來，兩人又恢復了那種溫馨寧靜的感覺。

張勝坐在沙發上吸煙、看電視。鍾情在廚房裏洗涮碗碟，就像老夫老妻一樣。收拾完了，鍾情走出來，偎著他坐下，很自然地挎住他一隻胳膊，她的手涼涼的，指肚浸水起了淺淺的褶皺，顏色是嫩紅的。

張勝攬住她的腰，在她唇上輕輕一吻，然後向後一靠，把她攬在懷裏，輕輕撫摩著她柔滑的長髮。

「勝子……」鍾情偎在他胸口，臉頰貼著衣裳，聽著他的心跳，輕輕地叫。

「嗯？」

「你以後……打算怎麼做？」

她的手指在張勝的胸口輕輕地劃著圈兒，有些癢癢的舒適的感覺：

「我知道，自從你出獄，你的心已經不在這兒。你當初親手經營的這份產業，現在在你眼裏，就像未曾見過世面的一口井，井底的世界，已經留不住你，可是，你要做些什麼呢，可以說給我聽嗎？」

「嗯！」張勝撫著她的頭髮，沉吟著說：

「我對你說過，我在獄裏結識過一個人，通過他學習了許多證券知識，最重要的是，他以前不是普通人，他知道許多證券業幕後的故事，和我說過許多莊家運作一支股票的方法和技術，我想只要再經過實踐，把這些知識消化吸收，我應該能大有可為。」

「炒股？」鍾情有些吃驚，那個時代，炒股的人很多，但是專業炒股的人，在很多人眼中看來還是家有閒錢不務正業的，印象並不好。鍾情沒想到他從一門心思搞實業突然來了個大跳躍，玩起了一種完全不同的模式。

「怎麼，信不過我？」張勝笑了，百分之三百的利潤，可以讓人冒著上絞刑架的危險往上衝，何況是高於百分三百的利潤呢？這裏邊風險固然大，但是他現在別無選擇，就像三年前別無選擇地冒著蹲大獄的風險貸款買地。

張勝沒有想到的是，這一切正是文哥布的局，除非他不是文哥需要的那個人，如果是，那麼這個局一計三連環的最後一環考驗，除了考驗他能不能勇於承擔責任，有沒有擔當，另一個作用就是逼他自陷絕境，除了投身證券業再無其他選擇，可謂一石二鳥。

文哥需要的他，應當是一個能呼風喚雨、興風作浪的冒險家，而不是一個循規蹈矩，發不了大財、也倒不了大霉的土財主、小老闆。

「信得過！」鍾情柔情萬千地道：「做什麼事都有相通的理，你這個人做事特別地鑽，沒有你掌握不了的問題。」

「真的？」

「嗯！」鍾情特「崇拜」地重重點頭，那故意做出來的追星族似的可愛表情逗得張勝拋棄煩惱，開懷大笑。

他一把攬住鍾情，身子一傾，把她壓倒在沙發上，笑著說：「好，那我現在就鑽進去、摸透了、弄熟了，看看能不能一手掌握。」

說著，他的手已經覆上了鍾情那對一手絕不能掌握的柔挺酥乳。

人生得意須盡歡，莫使金樽空對月。天生我材必有用，千金散盡還復來。

張勝失去了很多，但是也受到了錘煉，抗打擊的心理素質提高了。當年虧了一萬元，就失魂落魄如喪考妣達半年之久的他，現在萬貫家財一朝散盡，仍然做到了灑脫自若。

「可是……錢呢？你還有資金麼？」鍾情睜著一對美眸，眼底溢起情欲，卻仍牽掛著這件要事。

「我在股市裏還有一點錢。」張勝的呼吸已經急促了。

「沒聽說你炒股呀，那能有多少，回頭我給你劃些款過去。」

張勝認真地說：

「情兒，不管我們倆是什麼關係，但是錢上，我想算得清清楚楚，你的就是你的，我不要。像是吃軟飯的，想起來很悶啊。」

一個親吻堵住了他的嘴，然後是一聲低低的呢喃：

「傻瓜，我和我的一切，哪樣不是你的？你要算清楚，好啊，那你別碰我！」

「真的不要我碰？」張勝壞笑起來，「那你夾住我的腰幹什麼？哎呀，快斷了……」

鍾情臉紅起來，她笑著推開張勝的手，忸怩地說：「我……燒了水，先去洗洗。」

「不用了，」張勝把她摁在那兒，臉上已泛起紅光，男人情動時，哪還講究意境。

鍾情仍然推開了他的手，在愛郎面前，她只想把最美的一面呈現給他：「等等嘛，一身油煙味兒，再說，嘴裏還有酒氣。」

說著，她賞了張勝一吻，趁機脫身，逃進了浴室……

好久之後，鍾情才披著浴衣從浴室裏走出來，她的臉紅彤彤的，一頭精濕油亮的烏髮嬌慵地盤在頭上，眼波流轉間媚態橫生。

見張勝著迷地望著她，鍾情欣悅地一笑，伸手指了指浴室，又向張勝努努嘴兒，然後飛快地拉過一條毛巾被，把自己裸露在外的粉頸玉足都遮得滴水不漏。

張勝遺憾地一笑，起身進了浴室。

這間浴室是新裝修的，鍾情原來的住處浴室很簡單，也沒有廚房，自從和張勝一夜繾綣之後，她才買了餐具佈置了廚房，浴室裏也買了個大浴缸，只為方便張勝在這裏過夜。

浴室裏青底藍花的瓷磚看起來清爽怡人，牆上梳櫳架上放的洗浴用品整整齊齊，雖然鍾情剛剛用過，滿屋子裏都是蒸汽，可浴缸裏乾乾淨淨的沒有留下一根毛髮，高高的不銹鋼橫架上還擺著一套白色的浴衣，那自然是鍾情為他備下的。

張勝沖了個澡，便赤條條一絲不掛地從浴室裏走出來，渾身熱氣蒸騰。

鍾情穿著睡衣躺在床上，墊高了枕頭正在很無聊地換著電視頻道，一見他這樣子出來，呀地一聲叫，便掩住了嘴唇，羞紅著臉嗔他：「浴衣不是放在裏面了嗎，怎麼……怎麼這樣子便出來了，好不知羞。」

說著，那雙妙目不由自主地飛快向他下體一瞥，臉蛋兒便更紅了，偏那一雙媚眼，濕得好像要滴出水來。

「呵呵，你又不是沒見過。」張勝笑，大咧咧地向她走過去。

鍾情皺皺鼻子，故意扭頭看電視，咬著唇，身子微側，滿臉紅暈，眼波瀲灩，也不知是否正用眼角的餘光瞟著他。

「往裏邊點。」

張勝在鍾情微翹的豐臀上一拍，鍾情一聲輕呼，便丟了遙控器，往裏挪了挪，給他留出了一席之地，她仍然咬著唇，只是帶上了幾分惹人憐的神氣。

張勝伸手入懷，她的懷。

鍾情身上的肌膚已經乾了，肌膚細膩光滑，柔軟舒適。張勝一摸，鍾情便咬著唇嚶嚀一聲，狀似不依，但是嬌軀一陣扭動，那腰間繫的帶子反而自己鬆開了。

張勝抬眼一瞥，窗簾兒早已拉得密實，不禁會心一笑，俯身專心解她的衣服……

請續看《獵財筆記》之六 富貴風險

獵財筆記 之五 局中有局

作者：月關
發行人：陳曉林
出版所：風雲時代出版股份有限公司
地址：105台北市民生東路五段178號7樓之3
風雲書網：http://www.eastbooks.com.tw
官方部落格：http://eastbooks.pixnet.net/blog
Facebook：http://www.facebook.com/h7560949
信箱：h7560949@ms15.hinet.net
郵撥帳號：12043291
服務專線：(02)27560949
傳真專線：(02)27653799
執行主編：劉宇青
美術編輯：許惠芳

法律顧問：永然法律事務所 李永然律師
　　　　　北辰著作權事務所 蕭雄淋律師

版權授權：蔡雷平
初版日期：2015年3月
初版二刷：2015年3月20日
ISBN：978-986-352-116-7

總 經 銷：成信文化事業股份有限公司
地　　址：新北市新店區中正路四維巷二弄2號4樓
電　　話：(02)2219-2080

行政院新聞局局版台業字第3595號 營利事業統一編號22759935

定價：280元　特價：199元

國家圖書館出版品預行編目資料

獵財筆記／月關著. -- 初版-- 臺北市：風雲時代，
2014.12 -- 冊；公分

ISBN 978-986-352-116-7（第5冊；平裝）

857.7　　103021581